国际动物小说品藏书系

鹿　　王

沈石溪◎主编

[英]约翰·福斯科　著

陈耀锐　译

时代出版传媒股份有限公司
安徽少年儿童出版社

图书在版编目(CIP)数据

鹿王 /(英)约翰·福斯科著;陈耀锐译;沈石溪主编. — 合肥:
安徽少年儿童出版社, 2017.1(2022.5 重印)
(国际动物小说品藏书系)
ISBN 978-7-5397-9462-4

Ⅰ.①鹿… Ⅱ.①约… ②陈… ③沈… Ⅲ.①长篇小说 – 英国 – 现代
Ⅳ.①I561.45

中国版本图书馆 CIP 数据核字(2016)第 303082 号

GUOJI DONGWU XIAOSHUO PINCANGSHUXI LUWANG
国际动物小说品藏书系·鹿王

沈石溪 / 主编
[英]约翰·福斯科 / 著
陈耀锐 / 译

出 版 人:张 堃　　　　策划统筹:陈明敏　　　　责任编辑:黄 馨
特约校对:吕龙秀　　　　装帧设计:侯 建　　　　责任印制:朱一之
封面绘图:张思阳　　　　内文插图:樊翠翠　方 波
出版发行:安徽少年儿童出版社　E-mail:ahse1984@163.com
　　　　　新浪官方微博:http://weibo.com/ahsecbs
　　　　　(安徽省合肥市翡翠路 1118 号出版传媒广场　邮政编码:230071)
　　　　　出版部电话:(0551)63533536(办公室)　63533533(传真)
　　　　　(如发现印装质量问题,影响阅读,请与本社出版部联系调换)
印　　制:阳谷毕升印务有限公司
开　　本:635mm × 900mm　　1/16　　印　张:8.75　　字　数:83 千字
版　　次:2017 年 1 月第 1 版　　　　2022 年 5 月第 16 次印刷

ISBN 978-7-5397-9462-4　　　　　　　　　　　　　　定价:30.00 元

动物小说的灵魂

沈石溪

20 世纪上半叶，西方生物学派生出一门新的边缘学科——动物行为学。传统生物学与动物行为学在学术观念、观察角度、研究手段和考察方法等方面都有显著差异。传统生物学注重被研究者的共性，热衷于调查物种的起源、种群分布的情况，给形形色色的动物分门别类，根据动物的生理构造和特化器官，确定该归入什么纲什么目什么类什么科什么属；分析动物的食谱，解释某种动物与某种环境的依存关系；观察动物的发情时间与交配方式，了解动物的繁殖机制等。动物行为学家对动物的社会结构、情感世界和个体生命的表现投入了更多的研究热情，透过动物特殊的行为方式，从生存利益这个角度，来寻找产生这些行为的原因；在研究动物行为的同时，其严肃理性的目光也注视人类行为，在动物行为与人类行为间勾画出一条清晰可辨的精神脉络，给人类以外的另类生命带去温暖的人文关怀。

我喜欢读动物行为学方面的书。每当偷得浮生半日闲，躺在摇椅上，捧一杯清茶，翻开奥地利动物学家、诺贝尔生理学或医学奖获得者、动物行为学创始人康拉德·劳伦兹的《攻击与人性》，或者浏览美国生物学家、动物行为学先锋斗士 E.O.

威尔逊的名著《昆虫社会》，或者阅读西方最负盛名的动物行为学家罗伯特·杰伊·罗素的力作《权力、性和爱的进化——狐猴的遗产》，总是深深被大师们严谨的作风、渊博的知识、犀利的目光、翔实的资料、风趣的语言和无可辩驳的论点所折服，心灵上受到强烈震撼，精神上产生巨大共鸣。我相信，动物行为学具有无限广阔的发展前景，能找出人类行为发生偏差的终极原因，是医治人类社会种种疾病的灵丹妙药，为人类把握正确的进化方向提供了牢靠的坐标。

这也许是我个人的偏爱，有点言过其实了。可动物行为学家们通过长期观察动物生活得到的许多例证，确实对人类社会具有振聋发聩的作用。

例如，关于大熊猫为什么会濒临灭绝，一般认为有两个原因：一是人类大量开荒种地破坏了大熊猫的生存环境，二是大熊猫食谱单一，只吃箭竹，属于适应性较差的特化动物。但动物行为学家却另辟蹊径，经过大量调查研究后认为，大熊猫濒临灭绝除了环境和食谱因素外，还有另外两个原因：第一，大部分动物都有巢穴，尤其是母动物产崽期间都要寻找一个隐蔽安全的地方当作自己的窝，而大熊猫是典型的流浪者，头脑中没有"家"的概念，它们追随食物四处游荡，吃到哪里睡到哪里，产崽育幼期的母熊猫也同样如此，颠沛流离的生活对刚刚出生的幼崽来说显然是有害无益的，风餐露宿，再加上食肉兽的侵害，幼崽存活的概率很小；第二，丛林里凡生存能力不是特别强，而幼崽又要经过很长一段时间精心养育才能独立生活的动物，如狼、豺、狐、獾、鼠和鸟类等，大多实行双亲抚养制,雄性和雌性厮守在一起,共同养育后代,而大熊猫生性孤僻,雌雄间感情淡漠,只有性,没有情,发情时雌雄凑合在一块做一回露水夫妻,完事后各奔东西,谁也不认识谁,清一色的单亲家庭,母熊猫单独挑起抚养幼崽的重担,母熊猫通常一胎产双崽,但过的是没有窝巢的流浪日子,不可能一条胳膊抱一只幼崽走路,又没有配偶替它分担困难,只有在两只幼崽中挑选一只抱走,另一只幼崽就被遗弃荒野了。单身母亲的日子过得很艰难,遭遇危险时找不到帮手,头疼脑热得不到照应,稍有不慎,唯一的幼崽便会夭折,繁殖后代、延续生命的链条就此断裂。

反观人类社会,许多人不珍惜温馨的家,把家看作累赘,把家看作牢狱,弃家不顾、离家出走、天涯飘零,去过所谓的潇洒生活,面对大熊猫濒临灭绝的事实,难道还不该及时醒悟吗?再看如今社会上越来越多的单亲家庭独木难支的困窘,是不是也该从大熊猫生存路上艰难的步履里吸取某种教训?

在动物面前,人类常常犯自高自大的错误。人类有一种根深蒂固的偏见,总认为自己是高等生灵,动物都是低等生灵;自己是天地间的主宰,动物是任人摆布的畜生。不错,人类是地球上进化得最快的一种动物,会直立行走,会使用语言文字,用勤劳的双手和智慧的头脑创造出了无与伦比的现代文明。然而,人是由动物进化来的。地球上存在生命已有数亿年时间,人类的历史不过几千年,人这种动物在进化成人以前曾经过漫长的动物阶段,动物的本能、本性在人类身上根深蒂固,人类不可能在几千年短暂的进化过程中就把在数亿年中养成的动物性荡涤干净。科学家证实,文化属性与生物属性是构成人的行为的两大要素。人的一部分行为受制于社会大文化,传统势力、伦理道德、风俗习惯、政治说教、宗教戒条、法律法规、民情民风、乡规民约不断修正和规范你的所作所为,迫使你去做这件事而不去做那件事,这就是人类行为的文化动因。人的另一部分行为受制于生物本能,贪婪好色、权欲熏心、天性好斗、自私自利、妄自尊大、好逸恶劳、贪图口福、嫉妒心理等负面因素又时时让你产生难以抑制的冲动,驱使你去做那件事而不去做这件事,这就是人类行为的生物动因。假如某人的行为既出于合理的生物本能,又符合社会大文化的要求,他就是一个真实自然的好人;假如某人完全抑制生物本能去迎合社会大文化的苛刻要求,存天理灭人欲,他就是一个虚伪矫情的假人;假如某人放纵生物本能,弃社会大文化于不顾,他就是一个凶残狠毒的坏人。有一种观点认为,人类一半是天使一半是魔鬼,讲的就是这个道理。

动物行为学剖析发生在动物身上有利于生存的、合理的、善的行为准则,让人类学习借鉴,变得更像天使;揭示发生在动物身上不利于生存的、荒谬的、恶的行为准则,让人类铭记教训,更自觉地远离魔鬼。

曾有某药物研究所做过这么一个令人发指——不——是令动物发指的实验:为了证实某种戒毒药物是否有效,人们给一只红面猴注射了毒品(这实验本身就证明了人类对待动物是何等霸道、残忍和阴险。人类自己心灵扭曲得还不够,自己被海洛因毒害得还不够,还要把罪恶强加在无辜的动物身上）。两三次后，可怜的红面猴就成了吸毒者，一见到穿白大褂的管理员，立刻就会从铁笼子里伸出手臂，哀哀叫啸，恳求人们替它在静脉血管上打针。倘若人们不满足它的要求，它就会用自己的脑袋撞铁笼子，撞得头破血流也在所不惜；假如还不能达到目的，它就咬自己的爪子和身体，把自己咬得满身血污。一旦人们掏出注射器，它就会跪伏在地下，猴嘴从铁栏杆间伸出来，谄媚地亲吻管理员的裤腿和鞋。过去它在动物园生活时曾被热水瓶烫过一下，由于条件反射，平时最怕看见热水瓶了，远远看见有人提着热水瓶走过来便会吓得躲起来。有一次它毒瘾发作，手臂从笼子里伸出来，工作人员提着热水瓶来吓唬它，它竟然无动于衷，将开水淋在它的手臂上它也不肯把手臂缩回去。这只雄红面猴被买来做实验品前，曾与一只雌红面猴相好。据动物园的饲养员介绍，这对红面猴青梅竹马、卿卿我我，感情很甜蜜。饲养员把那只雌红面猴牵了来，把雌雄两只猴子关进同一只铁笼子，希望能由此减弱雄红面猴对毒品的过分依赖。它们分开也不过二十来天，天涯苦相思，意外又重逢，正所谓"小别胜新婚"，那雌红面猴见到雄红面猴，激动得浑身颤抖，恨不得立刻与之紧紧拥在一起，但雄红面猴却面无表情，冷冷地瞥了对方一眼，就像看到一只陌生猴一样没有任何反应。过了一会儿，雄红面猴毒瘾上来了，哈欠连天，鼻涕口水滴滴答答，抓住铁栏杆使劲摇晃，发出哀叫声。管理员从甬道走过来，雄红面猴迫不及待地将手臂从铁笼子里伸出去。雌红面猴出于好奇，也趴在笼壁上看热闹。雄红面猴大概以为雌红面猴要同自己争抢毒品，勃然大怒，揪住雌红面猴，穷凶极恶地大打出手,下手比打冤家还狠,啃下一口口猴毛,抓出一道道血痕。要不是管理员闻讯赶来,打开铁门救出遍体鳞伤的雌红面猴,后果不堪设想。雄红面猴被人类强行注射毒品后的行为表现,与人类社会的瘾君子如出一辙,丝毫没有区别,同样丧失理智、丧失人格、丧失自尊,感情冷漠,道德沦丧,成为一具地地道道的行尸走肉。

实验的结果颇出人意料又耐人寻味,戒毒药物也不起什么作用。由于过量注射海洛因,雄红面猴奄奄一息,整整两天不吃不喝,有气无力地躺在地上,眼皮耷拉着,连叫都叫不出声了,只有那条布满针眼的手臂还顽强地伸出铁笼子,手掌朝上,瑟瑟发抖地做乞讨状。药物研究所决定给它注射最后一针大剂量毒品,减少它临终前的痛苦,让它在虚幻的快感中结束生命,也算是人类的一种仁慈;同时也决定,将那只雌红面猴牵来继续做相同的实验。

拿着注射器的管理员和那只雌红面猴几乎同时来到铁笼子旁。雄红面猴混浊的眼光落在雌红面猴身上,就像快要燃尽的炭火被风一吹又短暂地烧旺,那双垂死的眼睛里骤然发出一道骇人的光芒。就在管理员的针头快要刺进雄红面猴静脉血管的那一瞬间,雄红面猴奇迹般地"复活"了,它伸出铁笼子的前爪突然抓住管理员的手腕,把那手腕拖进铁笼子里去,张开嘴,一口咬住管理员的手掌。管理员撕心裂肺地惨叫起来,那只灌满毒品的注射器掉在地上,摔得粉碎。人们赶紧来帮管理员,七手八脚地强行将猴嘴撬开。雄红面猴已经气绝身亡,那双猴眼却还瞪得溜圆,一副满腔怨恨、死不瞑目的可怕模样。雄红面猴在生命的最后一刻幡然醒悟，天良发现，为了抗议人类的暴行，也为了不让自己所爱的雌红面猴步自己的后尘，做出了一只垂死的猴子所能做出的反抗行为。较之人类社会那些执迷不悟、心甘情愿地在毒品的泥潭里越陷越深的瘾君子和那些为了自己发财致富而不惜将千家万户推入"火坑"的毒贩子，雄红面猴似乎更配"人"这个高贵的称呼。

人和动物之间并不存在不可逾越的鸿沟，人和动物之间的差别也并没有我们想象的那么大。在某些领域，人和动物的差距是微乎其微的，仅仅隔着一根头发丝的距离。稍有不慎，人就有可能变得像动物一样，甚至还不如动物。

我们只要用心去观察，就不难发现，在情感世界里，在生死抉择关头，许多动物所表现出来的忠贞和勇敢，常常令我们人类汗颜，让我们自愧弗如。

这就是动物小说的灵魂，这就是动物小说能超越时间和空间，为世界各地不同民族、不同肤色的一代又一代读者所喜爱的原因。

是为序。

目 录

第一章　小马鹿子出游 ………………………………… 001

第二章　糊涂的雌松鸡 ………………………………… 011

第三章　猎犬来了 ……………………………………… 023

第四章　第一次看见人类 ……………………………… 032

第五章　暴风雨来临 …………………………………… 042

第六章　雄松鸡大战 …………………………………… 055

第七章　偶遇雄鸡王 …………………………………… 065

第八章　失去母亲 ……………………………………… 076

第九章　青梅竹马 ……………………………………… 090

第十章　拜访老相识 …………………………………… 101

第十一章　坠落瀑布 …………………………………… 112

第一章
小马鹿子出游

　　在很久很久以前，有这样一头小马鹿子。你们之前认识马鹿吗？男孩们也许没有亲眼看见过，但也应该在很小的时候听说过吧。小马鹿子长得十分漂亮可爱，毛茸茸的鹿皮上面有着许多白色的斑点，它的腿很修长，耳朵肥肥大大。就算它只有几个星期大，看起来也一点儿不显得小。

　　它是在五月份的第二个星期出生的，还算是出生得比较早的了。对整个马鹿家族来说，它的出生算得上是一件头等大事。从出生到现在，小马鹿子能够记得的第一件事情就是它舒舒服服地平躺在一片暖暖和和的蕨草丛中，一双它所见过的最漂亮的棕色眼睛正温柔地看着它。它立刻就意识到了，这应该就是它的母亲——母鹿那

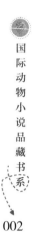
双漂亮的眼睛。

无论它走到哪里，去做什么，这双眼睛无时无刻不在跟随着它。无论它想要什么，它的母亲都会立刻满足它的愿望。而且，它的母亲总是会在蕨草丛中为它铺好舒舒服服的床，还会在每天早晨用舌头把它的皮毛梳洗得非常干净和整洁。

小马鹿子的母亲曾告诉过它两件事：第一是要学会像老鼠一样纹丝不动地平躺好憩息，第二就是要听大人们的话。

每天黎明前，母鹿都要外出觅食，但是因为路途太过遥远，所以小马鹿子不太可能一起跟着去。因为这段时间会没有人看管照顾它，母鹿只得让它尽可能地蜷成一团，还叮嘱它一定要一动不动地一直等到自己回来。

刚开始的时候，小马鹿子还是很听母鹿的话的，因为它知道母鹿是为了它好。如果它走来走去四处张望，就可能被坏人或者野兽发现，然后被抓走并吃掉，要是真的发生了这样的情况，也就不会发生下面的这个故事了。

母鹿通常会在太阳升起之前就回去照看小马鹿子，日复一日，年复一年。随着时间的推移，这对母子对彼此的爱越来越深了。每天早晨，温和的太阳慢慢地升起来，将林子里的雾气驱散开。一小缕阳光慢慢地透过小草丛亲吻着这头小马鹿子，好像在跟它打招呼说着："早上好。"那薄薄的雾气则会在每一片叶子和每一朵花上留下美丽的露珠，仿佛是在对小马鹿子说道："再见了，我亲爱的小家伙，今晚我还会回来的。"

小马鹿子点了点头，眨了眨眼，轻声地说道："是的，今晚我等着你再来。"露珠们一遍又一遍地重复着那句话，最后太阳公公终于不耐烦了，就把它们都晒干了。紧接着，一阵扇动翅膀的嗡嗡声响起来，这是飞虫们起床了，要出去开始劳作的信号。

在小马鹿子床前，轻轻拂过的微风仿佛是哨兵一样，对这些飞虫说道："快快飞走，快快飞走吧，不要把我的小马鹿子吵醒了。"

飞虫们不敢不听话，因为它们知道如果不照着做，风就会惩罚它们，把它们全部吹走。整整一天，微风都在不断摇摆的草丛中以及坚韧挺拔的石林丛间吟唱着，与下面山谷中带着棕褐色淤泥的小溪那里传来的声音交织在一起，组成一首美妙的乐曲。小马鹿子还不能听清楚整首歌，但是有一句反复吟唱的歌词是这样子的：

母亲和孩子到这儿来，到这里来，我是马鹿的好朋友。

有那么一段时间，马鹿母子俩只能在离小马鹿子出生地不远的地方活动，那是因为小马鹿子的四条腿还是软软的，不能走太远的路程。后来，它越长越强壮了，母子俩可以行走的路程也越来越远了。终于有一天，它们来到了一片高地，小马鹿子看到了它将要生活的世界——它将会继承的埃克斯穆尔高地。

正如你所见，在蔚蓝的天空和大海之间，有一条深邃的山谷，涓涓流水间，生长着青青的草丛和层层叠叠的石楠花。它知道，这一切都将只属于它一个。小马鹿子用它那双大大圆圆的眼睛俯视着眼前的景色，竖起了耳朵，摇了一下那小小的脑袋。

温和的阳光照耀着它，一阵柔和又清新的西风掠过大海，穿过原野，夹杂着芳草、金雀花和石楠花那香甜的气味，来到这片高地，进入它的鼻孔中。作为一种嗅觉敏锐的动物，小马鹿子将它的小鼻子伸向空中，猛吸着这里和煦的轻风，它觉得这味道就和生命的气息一样温暖。

然后，母子俩走下了这片高地，微风的歌声也渐行渐远，取而代之的是小溪的潺潺流水，好像正催促着它们赶紧下来与它相会。母子俩听着声音继续往前行走，看见涓涓流水就像水晶一般清澈，又像琥珀一样金黄。

在这个美好的仲夏时节，小溪中的水流虽然很小，但是依然能越过这些石头向前流淌，就像所有埃克斯穆尔高地的溪水一样，头也不回地奔向大海。它一路都在轻轻地歌唱着，声音很小，马鹿母子俩听不清楚这歌词唱的到底是什么。它们经过一个浅滩的时候，在那个地方，小马鹿子看到很多的小飞虫正在石头之间飞来飞去，煞是好看。它们又来到浅滩下面的岩石盆地里，在这里有一个泛着油光的褐色水池。

小马鹿子朝着水中看去，看到了自己的小小身影和母亲那双温柔凝视着自己的双眼。它还是第一次看到，自己的皮毛上有一些斑斑点点，而母亲的全都是红色的。正当它注视着水面的时候，突然有一只小虫飞了过来，在水面上盘旋着飞来飞去，好像是在跳舞一样，极力展现着它那漂亮的身姿。

忽然，一个棕色带有金红色斑点的身影灵活地跳出水面，一下子就将飞虫吃到了嘴里。然后这个身影落入水中，溅出了水花，把水中小马鹿子美丽的倒影都打碎了。

小马鹿子着实是被吓着了，急忙往后退，差一点儿就摔倒了。母鹿连忙上前安慰它："那只不过是一条小鳟鱼，一条贪嘴的小鳟鱼。"

"可是，它是很漂亮的哟。"小马鹿子这才定下神来，说道，"我希望还可以看见它再次跳出来。"

然而，母鹿严肃了起来，说道："因为它们属于小溪，所以我们对它们的态度还算可以。但是，你必须跟它们划清界限。我相信欧亚鹿会平等地对待它们，"说到这里，母鹿脸上露出了十分骄傲的神情，"但是我们不会，因为它们是一群懒鬼。它们的祖先不愿意辛辛苦苦地游进大海——原本它们是可以变成高贵的鱼类的，整个身体会像水面上月亮的倒影一样洁白，但是它们不愿意那么做，所以只能长得又小又丑，身上那些褐色的斑点也永远都不能褪去。你不要对它们无礼，那样会有失马鹿的身份，但是也绝对不能和它们交朋友，知道了吗？在见到小鲫鱼的时候，你可以和它们谈话，那是因为它们的斑点都已经褪去了，但是对鳟鱼就什么也不要说。"

母鹿是一位高贵的夫人，而且对自己的种族充满了自豪之感。虽然它对所有人都是很有礼貌的，但唯独对懒鬼和卑贱者特别冷淡。

"但是，母亲，"小马鹿子可怜巴巴地说道，"我的身上也有斑点啊。"

"你的斑点会褪去的，亲爱的。"母鹿温柔地说，"我的孩子会成为一头真正的马鹿。"

就这样，它们离开了水池。过了一会儿，母鹿停了下来，拨开挺拔的石楠丛。让小马鹿子大吃一惊的是，就在这个时候，有一只灰色的小毛球从一个地洞里跳了出来，紧接着跟在其后的一只也跳了出来，然后又有三只跑了出来。它们绕着圈子跑着玩耍，一边嬉戏，一边打闹，像着了魔似的。

过了一会儿，一个特别大的毛球从另外一个洞里慢慢地爬了出来，然后坐在它自己的后腿上，竖着耳朵，四处张望。在看到小马鹿子它们以后，它就立刻蹲了下去，用嘹亮的嗓音说道："啊，我的小心肝哟（它不仅仅是一只兔子，还是一只德文郡种的优良兔子，因此它的德文郡口音很重）！这不是我的小主人和夫人吗？请原谅，夫人！它长得多漂亮啊！夫人，您的夏季外衣看起来也非常漂亮，像栗子一样闪耀着光芒。我的天哪，看它长得！前几天——我记不清是几天前了，我的丈夫巴击跟我说：'邦倪，你要坚信小主人将来一定会成为埃克斯穆尔高地上最棒的公鹿。'"这话刚刚说完，邦倪就扯着嗓子对着一只小兔子喊道，"绵绵，快点回来！你这个小笨蛋，快点回来，小心被狐狸抓走、吃掉！"

母鹿安静地听着邦倪的喋喋不休，它喜欢听到别人夸奖它的孩子。至于别人对它自己的赞美，它总是付之一笑，不屑一顾。母鹿的确长得非常漂亮，而且，由于它很少在乎这个，愈发显得动人。作为回敬，它也问候了邦倪以及它的家人。

"哦，谢谢您，夫人！"邦倪回答说，"我认为我们还算

过得不错。人类已经有很长时间没有来过这里了，真得感谢老天爷啊！我们吃得饱，雨水也不大，家人也都很好，夫人。看它们玩得多么开心啊，这是我今年春天的第三窝孩子了，我觉得没什么好抱怨的，凡事要平心静气的。但是，我的夫人，听说考恩汉姆灌木丛的老母狐生了五只小狐狸，我可真是受不了这只母狐狸，永远也受不了。还有那些鼬鼠，它们虽然个头不大，有的时候却比狐狸还要可恶。再说我的巴击，它又总是在家待不住。它说，天气那么好，要出去走一走。我跟它说：'巴击，夫人可以天天在外面待着，但是你应该躲在家里。'不过这都没用，它非要出去。'那好吧，巴击，'我说，'我觉得你不会像大人一样头上长出两棵月桂树的。要是你被鼬鼠抓住了，就没有办法逃生了，只能眼睁睁地等着被它吃得干干净净的了。'听到这些话，它只是把耳朵贴到背上，还是走了。"说到这里，邦倪吼道，"绵绵，快点回来，不然看我怎么收拾你！"接着，它又对母鹿说，"再说了，绵绵和它的爸爸就像我的两只耳朵一样，可它也不躲起来。它们跟我说，母狐狸来过这里了，这可不行，夫人，这可真的不行。"它气喘吁吁的，实在是没办法再继续说下去了。

"晚安了，邦倪，"母鹿和蔼地说，"我要带我的小儿子回家了，我很快会再来看你。"

"晚安，夫人！"邦倪答道，"也祝你晚安，漂亮的小宝贝，你不愧是大人的儿子啊！我记得有一次……"

母鹿没有再继续听下去，而是带着小马鹿子渐渐地走远了，正如现在这样，这只老母兔一旦打开了话匣子，就会连绵不绝地讲下去。

过了一会儿，小马鹿子问道："母亲，大人是谁？"母鹿回答："那是你的父亲，亲爱的。正是因为马鹿统领着这片森林，而你父亲又是马鹿中的王，所以被称为大人。'头上的月桂树'是指每头优秀的公鹿都会长的鹿角，等你长大了，也会长出来的。"

小马鹿子没再多说什么，只是默默地记在了心上。对于母亲，它始终认为没有谁能比得上它哪怕只是一半的美丽。要是能长成母亲那个样子，它就很满意了。

第二章
糊涂的雌松鸡

　　第二天，母鹿带着小马鹿子走到离家很远的地方去了,它们要去它们的栖息之地——大深陷山谷。走了没有多长的时间，它们便遇到了一只小鸟，这是小马鹿子到现在为止见过的最漂亮的鸟儿。鸟儿的羽毛乌黑发亮，在阳光下泛着青蓝紫的光泽，与之形成对比的是：它的翅膀上长着一簇纯白色的亮色羽毛，它的眼睛上面有红色的斑点。另外，它尾巴上的羽毛是分开的,向外弯曲，形成一条优美的弧线，两只腿上的羽毛一直盖到脚爪上。它朝着马鹿母子俩飞了过来,动作轻快,无声无息，它用这样的身姿出现在马鹿母子俩面前，真算得上是英俊潇洒。

　　"你好,松鸡先生!"母鹿说道,"我的夫君走远了吗？"

"还没有呢，亲爱的夫人。"松鸡说，"它跟我太太坐着的时候是一模一样的。它正安安静静地卧在那里，不过那些飞蝇着实让它心烦意乱。"

"跟我走吧，我的乖儿子。"母鹿说。它带着小马鹿子向前行走了没几步，突然停了下来，悄悄地说道："你看。"小马鹿子顺着母亲的视线看了过去，它看到了连做梦都没有见过的景象：有一头公鹿正躺在树林里，那是一头强壮的公鹿，体形比它母亲足足大了一倍，鹿角长出来一半，鹿茸上沾满了飞蝇。它躺在那里一动不动，只是时不时地摇一摇它的脑袋。

没过多久，公鹿站起身来，伸直了四肢，它抬起头的时候，鹿角就被扬到背后。它伸了一个大大的懒腰，小马鹿子这才看清楚了它究竟有多么高大。公鹿在那里睡眼蒙眬地站了一两分钟，不停地摇晃着脑袋，想赶走飞蝇的骚扰纠缠。它的脊背就像是一头小公牛的脊背那样宽厚，它的皮毛泛着充满活力的光泽。

小马鹿子眼睛一眨不眨地盯着那头公鹿，心里默默地下定决心：等到自己成长为像它那样的公鹿后，也要像它那样站立，像它那样伸一个大大的懒腰。

没过多长时间，母鹿就带着小马鹿子走了，它问松鸡："我的妹妹在哪里呢？"松鸡便给它们带路。小马鹿子很快看到了另外的两头母鹿和一头小鹿，这三头鹿闻到了它们的气味，就立刻走了过来。其中的一头母鹿身材高大，皮毛是灰色的，身边没有跟着小鹿；另外一头母鹿则是要小巧一点，毛色是艳红的，身边站着一头甜美可爱的小鹿。

小巧的母鹿先走了过来，于是两位母亲都撇下自己的孩子,聊起天来,还没说几句话,那头灰色的母鹿便插嘴进来。

"是你啊,陶妮(陶妮是小马鹿子母亲的名字)。"它说,"我看到你带了一头小鹿来,我一定要问一下,是男孩还是女孩啊？"

"男孩,曳尔德姑姑。"陶妮夫人答道,"你得好好看看它,它睡着的时候非常可爱。"

"哦,是男孩。"曳尔德姑姑轻轻地哼了一声,"好吧,我觉得非要生孩子的话,最好还是生男孩,鲁笛生的就是女孩。但是我自己一直都不怎么喜欢小孩子。"像曳尔德姑姑这样没有生育过的老姑娘,不喜欢小鹿很正常,它的确是个让人敬而远之的老小姐。它的上颚上长着两颗大大的尖牙,它还总是把尖牙露出来给别人看。不一会儿它就攥紧蹄子,用后蹄落到前蹄蹄印上的方式来表明自己的观点(当它从容不迫的时候),尽管它知道这个动作只有公鹿才能做得出来。

"既然你们把孩子都带来了,"曳尔德姑姑接着说,

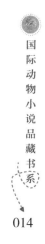

"我奉劝你们尽早把它们带走吧，因为这里有一只抱窝的雌松鸡，总是没完没了地跟我打听它那只走失了的鸡崽的下落。我又没义务替别人看管孩子。照我说，它们要是没有办法照顾好自己的孩子，就干脆不要生出来嘛。我觉得鸟类都是傻乎乎的，我很详细地问了问它，可它竟然好像并不知道鸡崽到底有没有丢了。"

然而，两位母亲却看着自己的孩子说："真是一个可怜的家伙啊。"

鲁笛的孩子可能感到有些无聊，发出了嗷嗷呦呦的叫声。

"鲁笛，"曳尔德姑姑一脸严肃地说，"如果你的孩子再发出那样的声音，我就必须让你……我的小心肝啊，那只雌松鸡又来了，不，我真没见过你的鸡崽。"

果然，可怜的雌松鸡垂头丧气地走了过来，它的先生——黑色的雄松鸡的身旁围着六只毛茸茸的小松鸡。雌松鸡看起来非常焦虑，头不停地转来转去的，以确保小松鸡们都能够在它的视线范围之内，两头小鹿看到它，觉得眼睛都花了。

"哦，是，夫人。"雌松鸡很有礼貌地说道，转过身去。陶妮夫人跟在它的后面，问它出了什么事。

"哦，夫人。"雌松鸡说，"是这样的，我没有其他的意思，但您能否告诉我，有没有看见过我的鸡崽呢？曳尔德女士仔细询问了我好多问题，把我问得头都晕了，我数了好几遍孩子们的个数，到后来我都数糊涂了。夫人，您要知道，我已经上了年纪，也生养了好几拨孩子了，现在精力不济，真是有些心有余而力不足。刚才我让一只路过的鸽子帮我数数，但它说它窝里的鸽子蛋从没超过两个，所以只能数到二。老巴击刚才来过这儿，我也问了它同样的问题。'老天保佑你，邻居，'它说，'我的子女太多了，我都放弃数数了。'我不能站在这儿跟您说这些了，夫人，但是，我依然很确定我丢了一只鸡崽儿。"

"真是可怜。"陶妮夫人温柔地说道，"我没见过你的孩子，我表示很抱歉。"

"啊！夫人，您真是和蔼善良。"雌松鸡说，"您总是……"还没说完，它瞥见了头上的苍鹰，"老天保佑，它过来了。夫人，可怜可怜我们吧，帮一帮我们吧，帮我掩护一下孩子们，求求您，求求您啦……"话音未落，它便紧贴地面趴了下去，眼里充满了惊恐和不安。那些小松鸡简直被吓坏了，在雌松鸡周围藏了起来。

蓝蓝的高高的天空上出现了一个小斑点，它的翅膀灵活有力，时而挥动又时而停顿。它一会儿向右下方倾斜，一会儿又很高兴地飞向左边，就好像是被绳子悬吊在空中一样。它又扇了一下它那硕大的翅膀。还好母鹿站在雌松鸡和鸡崽们的上方，把它们遮挡住了，所以它

015

鹿

王

们没有暴露。

从一开始到现在，雌松鸡一直断断续续地说个没完没了的，似乎没有什么能堵住它的嘴："啊，苍鹰，啊，苍鹰！老天爷啊！就是它下的毒手，没错，我确定，老天爷啊，啊！"

那个大鸟向前猛冲，扇了一会儿翅膀，然后就消失了。陶妮夫人慢慢地退后几步，说道："现在这里是安全的了。早上好，太太，请照顾好你的孩子们。"

"上帝保佑您！早上好，夫人。"雌松鸡答道，"我现在有六只鸡崽，这一次我肯定是六只，没错，这就够我照料养活的了。等它们长大了，等我好好教导一番之后，它们就能帮您的忙了，夫人。夫人，还是得谢谢您，祝您和您的小儿子好运！"

陶妮夫人一直都还是留心照看小马鹿子的，这是因为它看到曳尔德姑姑正在草丛中偷窥着它。雌松鸡越走越远了，陶妮夫人就直直地走过去亲吻小马鹿子，担心曳尔德姑姑的灰脸会把它给吓着，但是它好像一点儿都没有被吓住的样子，现在它的胆子可大了。

曳尔德姑姑刚刚走了两步就好像忘了要保持公鹿的姿态，它说："我在这里说一句公道话，陶妮，它可真是个英俊的小家伙。"然后它扭过头去，噘起嘴巴，露出了它那尖尖的牙齿，尽力模仿着公鹿迈出脚步的姿态，弯下头狠狠地啃咬了一口青草，这和它看见过的公鹿啃萝卜的姿势完全是一样的，不过这个动作与它美丽的脖子并不相配（母鹿无论多大年纪，脖子总是很美丽的），远远不如它自然地小口小口咀嚼来得优雅美丽。它特别做作，总是假装由衷地说："我觉得你的孩子是我见过的最可爱的宝贝了，啊，我要是你就好了！"

吃完了青草，曳尔德姑姑转过身来说："你们可不能走，你们照顾不好自己，得跟我在一起，由我来照看你们。我会照顾好你们的。"它把自己一开始说的话都忘光了，尽管它有时会摆一下架子，但是它的心肠还是很好的。

所以它们一起生活了好几天，曳尔德姑姑总是站在它们的上风头，为它们站岗放哨，像公鹿般尽职尽责。倘若我们那些穿着红外套的哨兵能有它一半称职的话，那他们就是世界上最厉害的哨兵了。小马鹿子的父亲——那头强壮的公鹿有时也会加入它们的队伍，和它们一起躺在地上一整天，一边不断寻找吃的东西，一边摇晃着它那渐渐变大的脑袋。它一般不会说很多话，通常只是几句简单的话。

有的时候，公鹿会说："今天早上的小麦真是不错啊！"陶妮夫人会这么回答："亲爱的，我真高兴。"有时，公鹿会说："天太干了，据说亚纳农场的萝卜长势不好，

真是让人恼火，我还盼着能吃上萝卜呢。"陶妮夫人则回答说："亲爱的，那真是太遗憾了，要是能尽快下雨就好了！"估计老公鹿们都是十分在乎它们的饮食的。只有一次，公鹿的表现跟平常不同，那一天，雄松鸡飞来说所有的小山都要塌了。

　　事情是这样的：雄松鸡在一大片石子堆——就是那种你或许在荒野山坡上见过的松散、扁平的石子堆——旁边的土坑里洗旱澡，洗得很高兴，又是抖动羽毛又是挥舞翅膀的。就在这个时候，突然有一只寒鸦从它的头顶飞过。寒鸦看见一个大大的毛球在那里滚来滚去，就落到了石堆上，想看清楚这个奇怪的东西究竟是什么。

　　当寒鸦跳着走近，想仔细观察的时候，一不小心碰到了一块小石头，这块小石头又碰动了另一块小石头，另一块小石头又接着碰动了别的小石头，就这样一直碰了下去，最后很多石头都松动了，就像一股小的洪水一样从雄松鸡身旁滚了下来，足足有 20 英尺这么长，真是非常可怕。寒鸦被吓了一大跳，呱呱地叫着飞走了，雄松鸡就飞过来报告给公鹿说所有的小山都要坍塌了。

　　公鹿一听，马上站起来说："曳尔德夫人，你赶快走在前面。鲁笛和陶妮，跟着它，稳住了，不要慌张！"它们行走了一小段路程之后，就停了下来。公鹿一直走在它们的后面。如果雄松鸡没有说错，那一座小山一定会在

它们的身后倒塌的，因为它们在前面并没有看到倒塌的小山。这就是公鹿要走在后面的原因——离危险最近。如果你去参军，你就会知道，在撤退的时候，后方部队是最危险的。要是你读到约翰·摩尔爵士的部队从西班牙的科伦纳和维哥撤退的故事，就会知道查理叔叔的军队在那儿做出的丰功伟绩。

马鹿们停了一会儿，最后，公鹿说："我什么都没有听见，什么都没有看见，也什么都没有闻到，你确定小山都塌了吗？雄松鸡，我认为你一定是搞错了。"这位公鹿是个伟大的绅士，它总是温文尔雅，彬彬有礼。相反的是，那急脾气的曳尔德姑姑却用蹄子跺着地，大声嚷道："呸！我觉得这只松鸡和它老婆一样，都是笨蛋。"

雄松鸡也晕头晕脑地不知道说什么好，陶妮夫人温柔地说道："谢谢你来提醒我们，雄松鸡先生，我们就不耽误你吃晚饭了。"尽管还没到雄松鸡吃晚饭的时间，但是这个理由让它得到了解脱，得以顺利地离开这个不祥之地。它飞回它的妻子那里，把事情的经过都讲给它听。

雌松鸡听完雄松鸡的讲述之后，却出乎意料地说道："所以你只是去通知大人，对不对？如果世界末日真的来了，那我和孩子们该怎么办？真有你的！你用鬼故事去吓唬夫人和它亲爱的小儿子；我一天到晚辛辛苦苦地照顾孩子们，你却一个字都不跟我说。我的天哪！天哪！"

雌松鸡就这样呼天抢地地吵闹了半个小时，气得火冒三丈，一直到雄松鸡保证再也不洗澡，才算了结了这件事情。那天早晨，小鸡崽们十分淘气调皮，所以雌松鸡的火气非常大，雄松鸡这算是撞在了枪口上，不过这也许都是它自找的。

除了这次的偶发事件之外，就像我跟你说过的一样，公鹿一直都是懒洋洋的，除了咀嚼时谈论吃的东西以外，从来不会多说哪怕一个字。它从来没有对小马鹿子说过一句话，因为公鹿是不怎么喜欢小马鹿子的。同时可以肯定的是，小马鹿子也没有跟它说过一句话，那是因为它十分惧怕眼前这头巨大的公鹿。

小马鹿子害怕公鹿也是不无道理的，公鹿在长鹿角的时候，就像是得了痛风的老先生一样容易发怒。这二者的唯一区别或许就在于：这时候，公鹿可以尽情地吃喝，只要对它的鹿角有好处就行；老先生却不可以，如果他大吃特吃，他的痛风就会变得更加严重。因为要注意忌口，老先生比公鹿更容易发火——我并不是同情那些老先生，因为除了吃的喝的以外，人要考虑的事情还多着呢。

虽然从来没有跟公鹿说过一句话，但是小马鹿子和鲁笛的孩子成了非常要好的朋友。那可真是一个可以想象得出的最可爱、最文静的小家伙，尽管它的体形略微小那么一丁点儿，但它同样是每样事情都会做。它们比赛跑步，比赛谁跳得高、跳得远，这个文静的小家伙和小马鹿子一样，动作又快又灵活。

不过有一天，小马鹿子非要和小母鹿比赛顶牛角，想看看谁的力气比较大。它们先用足了劲儿比试了两三次，后来小马鹿子玩得实在是太忘我、太投入了，就助跑了几步，用力顶了下小母鹿的头，尽管它并不是故意的，还是把小母鹿撞疼了。小母鹿哭了起来："妈妈！哼！你太粗野了，你怎么能这样对待女孩子呢？我再也不要跟你在一起玩耍了。"

当然，后来也没过多久，它们还是和好了，但是小马鹿子的母亲还是告诉它要照顾对方，毕竟对方是女孩子嘛。它记在了心里，但是它还是庆幸了一下，觉得当男孩要比当女孩好多了。

第三章
猎犬来了

　　有一天，它们还是跟平常一样在草地上歇息，小马鹿子正在和小母鹿嬉戏打闹。这次公鹿并没有和它们在一起，但是有曳尔德姑姑守护着它们。突然，曳尔德姑姑慌慌张张地跑了过来，完全不是它平常想努力保持的公鹿的样子。

　　"快，快，快！"它说，"我不仅闻到，而且看见它们了。赶紧叫上你们的孩子，赶紧远离这里。快点儿，快点儿……"

　　两位母亲都惊恐地站起身来。"啊，对，对，对，赶紧的……快点儿！"曳尔德姑姑催促道，"能跑多快就跑多快！"

　　"可是如果我们奔跑得太快了，恐怕孩子们会跟不

上的。"两位母亲担心地说。

"老天保佑，我怎么就没想到这点呢。"曳尔德姑姑说，"等一下，快看，快看那里！"

它们朝着绿油油的波浪滚滚的草地望过去，只看见一英里半远的地方出现了一团正在移动的白色物体，白色物体的前面和后面各有一个暗影。起初，这团物体笼罩在云朵的阴影中，云开日出的时候，马鹿们看到了（它们的视力比我们的要好得多）这样的景象：有二十五对神情严肃的猎犬正穿过石楠花丛小步跑来，前后各有一个骑着马、穿着白色大衣的猎人，猎犬与马的外套跟猎人的衣服一样泛着光泽。

一缕清风将一股特殊的气味吹进了马鹿们的鼻子里，我们的小马鹿子嗅了嗅，觉得这气味难闻极了。"记住这种气味，请记住这样子的气味，乖儿子，"它的母亲小声说，"尽管这种气味很是难闻。以后，你一定要提防着这种气味。"曳尔德姑姑站在略微靠前的地方，自言自语道："我吃早饭回来的时候，正好从它们现在所处位置的前面经过，我坚信我留在那里的气味现在已经扩散出去了。"

它正说着，突然几条猎犬朝它们这个方向跑过来，还好猎犬身后的猎人飞奔向前，让它们掉头。

一阵刺耳的狗吠声随风传来，三头母鹿听得瑟瑟发抖。接下来,狩猎队伍加快了速度,马鹿们看着猎犬们越跑越远,直至消失不见。

"啊,今天真是太走运了!"曳尔德姑姑喘了一大口气,"还没到这些可恨的家伙作恶的时候呢。咱们现在安全了,但还是得小心行事。"

话音刚落,它便用奇怪的步子小跑起来。它沿着吃早饭的路线跑去,跑到吃早饭的地方后,又往回跑了一段,接着拐了个弯,绕了个圈,跑到一条小溪旁。然后,它朝小溪的上游跑去,跑了一会儿后又绕道跑了回来。

"瞧,"它说,"要是它们跟踪咱们的话,这样能让它们晕头转向,这是一招防身的技巧。"陶妮夫人刚才一直在留神它的孩子,这时它说道:"我不想再在这里耽搁了,曳尔德姑姑,我会带孩子去一个安静的地方,你留下来照顾妹妹吧。"所以它们就分开了,离别的时候大家都很伤感。

陶妮夫人带着小马鹿子离去时,走得很慢。没走多远,一只大雄兔就从它们身边风风火火地跑了过去。由于小马鹿子的眼中充满了恐惧,它既没看见也没听见这只雄兔的动静。可是大雄兔没跑多远,就平躺在地上,痛苦地叫起来。母子俩听到大雄兔微弱的叫声,觉得有点儿像猎犬的叫声,不过要比猎犬的小得多。

很快,它们就看到五个棕色的小家伙迎面跑过来,长长的身子轻盈又苗条，小短腿跑得飞快，远远超出了你的想象。它们就是鼬鼠，正在追那只大雄兔。领头的老鼬鼠母亲朝着兔子逃跑的方向大声（尽管声音并不算太大）叫道："冲啊，孩子们，抓住它，冲啊！"那四个小家伙也齐声叫道："冲啊，冲啊，冲啊！"然后老鼬鼠母亲又吼道："杀啊，孩子们，杀死它，杀啊！"四个小家伙扯着嗓子道："杀，杀，杀，杀！"它们一路冲过去，凶猛的小眼睛里闪着光芒，小尖牙闪烁发亮。尽管大雄兔的体形和它们五个加在一起差不多大，但恐怕它在劫难逃了。世上没有什么动物会像鼬鼠一样身形虽小却凶猛嗜血，你要记住，鼬鼠是最勇敢的小型野兽，如果把它们逼得太急，它们会奋勇反击的。

小马鹿子感到十分困惑。"为什么那只兔子不接着跑呢，母亲？它是不是怕那些鼬鼠？"它说，"要是我的话，我能跑多快就跑多快，能跑多远就跑多远。它们会因为它平躺在地上大叫就饶它一命吗？"

陶妮夫人伤心地答道："不，不会的！儿子，如果遇到不测，你一定要拼命地逃，我担心这种事很有可能会发生，所以要提前训练你，到时候你一定要勇敢，要拼尽全力地逃命。"

小马鹿子答道："好的，母亲。我会的，你放心。"它想自己一定会拼死抵抗，它希望自己有朝一日能成为一头优秀的公鹿，用头上的鹿角进行战斗。它觉得自己很勇敢，我也觉得小马鹿子很勇敢。等你长大了，如果（我希望这仅仅是如果）失望在人生的转折点埋伏着等你，而命运和你犯的错误又把你逼向绝境，你一定要勇敢地跑下去，即便走投无路，你也要勇敢地毫不畏惧地面对，千万、千万不要倒下呻吟，记住！

　　母子俩又慢慢地跋涉了整整三天的时间，中间会时不时地停下来歇息一下。它们来到深陷山谷的一侧，看到了一番奇异的景象：深陷山谷另一侧的土地上露出了一块岩石，岩石脚下站着一个红色的动物，脖子上长着白毛，竖耳朵尖鼻子，尾巴毛茸茸的，又细又尖的尾梢呈白色。它嘴里叼着一只兔子，五个小家伙围在它身边又蹦又跳，大声叫着："兔子当晚餐，晚餐吃兔子，我们要吃兔子！"

　　这是狐狸一家，叼着兔子的是一只老母狐。老母狐一直叼着这只兔子，看着五个小家伙在它身边扭来扭去。一个小家伙突然蹿到它的一个兄弟的身后，把它扑倒在地，假装要弄死它，倒在地上的小家伙极力挣扎。紧接着第三个小家伙跑了过来，咬住其中一个的脖子，被咬的这个嘴巴张得老大，痛苦地挣扎着。

　　这时，老母狐才把兔子放在地上说道："快吃，快吃，快吃吧！"于是狐崽们冲过去连撕带咬，连扯带抓，直到

鹿

王

把那只兔子扯成碎片。一个小家伙抢到了一条兔子后腿,跑到一边吃了起来,其他的小狐狸一边叫着"贪婪的家伙",一边追着它抢兔腿。它们咆哮着,推搡着,乱作一团。那情景让你以为它们会连兔子带同胞手足一起吃到肚子里去,但其实不会。它们虽然动作粗野,但只是在打闹而已,并不会弄出大的伤害出来,而且狐狸本来就是野蛮的动物。老母狐一直蹲在一旁看着它们笑着说:"我的好孩子!我的宝贝儿啊!"

陶妮夫人带着小马鹿子继续前进,到了一大片幽深树林中,这里除了几棵花楸树外,全都是橡树。它们在小橡树银白色的树干间穿行,头顶是大橡树茂密的枝叶。它们一直向前行走,一直走到一棵摇曳着金灿灿树莓的花楸树下。这里是片空地,一条比公赤鹿的舌头宽不了多少的小溪正涓涓地流淌着。陶妮夫人让小马鹿子躺下来憩息一会,这片丛林以后就是它们的新家了。

很快,干燥的天气就过去了,西南风夹裹着雨水从大海那边刮到了这里。马鹿母子俩躲在丛林里,听着头顶呼啸的风声,看着大朵的云团沿着山谷随风飘动。丛林似乎在山谷里绵延了好几英里,天气好的时候,它们会去远足。小马鹿子每当看到母亲找寻到它最爱吃的常春藤,总是羡慕母亲能跳起来从橡树上扯下鲜美的树叶。它有时不想让母亲独占美食,便会用鼻子蹭母亲唇间的绿叶，期待能与它一起享用。

这样的生活真是幸福啊！虽然母子俩偶尔也会遇到同伴，但从没被打扰过。它们在那里住了不久，在一天清晨，看到一只老母狐叼着一只狐崽蹑手蹑脚地溜进了丛林里。尽管马鹿不喜欢像狐狸这样野蛮粗暴的食肉动物，但由于老母狐看上去是如此的疲乏劳顿，陶妮夫人禁不住开口问道："怎么了，维琪太太？你看上去累坏了。"

老母狐头也没抬，粗声答道："不，我不累，我不累，我一点都不累，你不用担心。"过了一会儿，它又补充道，"谢啦！"在德文郡，大家都有一定的教养。老母狐说完，步履沉重地继续向前行走。

"它们是不是让你烦了？"陶妮夫人问，"我希望狐崽们都好。"老母狐听了不禁停下来说道："不，它们都挺好的。这是最后一只了，一个晚上我叼着孩子们来来回回行走了二十多英里。这窝孩子出生得有点儿晚，我必须照顾好它们。我不累，是的，一点儿也不累，夫人。"尽管它已经累得走不动了，它还是顽强地叼着狐崽继续前进。对于这只母狐狸来说，它能称呼小马鹿子的母亲为"夫人"已经够礼貌了。狐狸是十分独立的动物，正如许多人所认为的那样，它们喜欢通过粗鲁无礼的言行来表现自己的独立，实际上它们只是不想让别人看出来它们是既勇敢又有耐心的。

第二天,母子俩见到了一位来访者,那是一位老者,体形与老母狐很相似,是一只獾。它的鼻子又长又尖,脸上长着不少白毛,尾巴很短,四肢短小。它步履蹒跚,边行走边自言自语道:"虽然我话不多,但我必须得说点儿什么,狐狸霸占了我的房子,这太过分了。那是我的房子,是我造的,是我挖的。这样做不对,不讲理啊!"

"怎么了,老格雷?"陶妮夫人问道。那只獾抬起头来看了看,"啊"了一声,又连忙拖长声音,好让自己回过神来:"是这样的,两天前,那只老狐狸——您知道它的,那个尾巴上长着不少白毛的家伙。它来跟我说:'獾兄。'它是这么称呼我的,'獾兄',好像我们很友好似的,但它压根儿就不是我的朋友。它说:'獾兄,我知道一个地方,那里有窝兔子,你可能有兴趣去看看。我没法儿把它们掏出来,但是你行,我要是能像你一样擅长挖洞就好了,獾兄。跟我来吧,我带你去看看。让我告诉您我们该往哪里走吧。'"

"我同意了。"獾说,"然后我们去了兔子洞,那些兔子闻起来可真香。'现在,'老狐狸说,'我要先走啦。'后来我把兔子挖了出来,我忘了有多少只了,应该有八九只吧,我把它们全吃掉了。不可否认,它们实在是太好吃了,然后我就回家去了。但是,我的天哪!等到了家,我竟然因为吃得太饱，钻不进去了！天哪！情况太糟了，这简直让我无法忍受。那只老狐狸露出头来说：'您真是太大方了，獾兄，您把您的房子送给了我，我太太维琪十分满意。啊！我要是能像您一样擅长挖洞就好了，獾兄。'它就这样把我的房子给霸占了，然后我就到这儿来了。它这么做不对，太不讲理了！"

獾摇摇晃晃地走开，边走边大声嘟囔："这也太不讲理了。"作为一只德文郡的獾，它自然喜欢讲究一些文辞，尽管它对那些文辞的意思并不是很清楚。小马鹿子看着这个可怜的老笨蛋一路跌跌撞撞的样子，禁不住笑了起来。

如果说獾是时运不济，那么老母狐和它的狐崽们则是生活惬意，那些狐崽长得很快，很快就都能照顾自己了。它们经常在林子里晃荡，翻弄甲虫，嚼嚼掉落的树莓。小马鹿子也在一天天长大，你要知道，它现在应该有四个月大了吧。按照我的看法，这段时间应该是它一生之中最幸福、最难忘的时光。

第四章
第一次看见人类

　　那应该是 9 月份的最后一个周末。某天清晨，一阵吵闹声打破了橡树林的寂静。起初是单一低沉的"噢噢噢"的声音，接着加进来一个尖尖的声音，然后又加进来一个声音，紧接着又加进来一个声音，数十个声响汇成了震天响的合唱。

　　母鹿警觉地站起来，带着小马鹿子从树荫浓密的山谷中走出来，走上上面的荒野。它们站在荒野上仔细聆听，整个山谷都在骚动，仿佛有一百只恶魔在横行作祟。声音时断时续，停止时山谷里鸦雀无声，紧接着又是"噢噢噢"的声音。很难说这声音来自何方——它一会儿发自山谷的这一侧，没多久又移到了山谷的另一侧，过后又回到了原来的一侧，就这样在山谷两侧回荡，让人迷惑不解。

　　不多时,喧闹声就朝母鹿和小马鹿子这边过来了。忽然一只小狐狸钻了出来,晃着舌头弓着背,看起来精疲力竭。它跑了几步,好像要离开丛林到荒野上来,但很快它就停了下来,环顾四周,又带着绝望的神情扭头跑回了丛林。母鹿小步跟着,尽管它仍然焦虑,却不那么戒备了。

　　"我想它们不是来抓咱们的,我的儿子。"它说道。吵闹声越来越近, 一群猎犬冲了出来,鬃毛直竖,眼冒寒光,吐着舌头向小狐狸狂奔而去。它们号叫着跑了大概五十码远,然后就安静下来各自散开了,但很快它们就又追踪到了小狐狸的踪迹,于是尖叫着钻进林子里,叫声比刚

才还要大。突然，两条野性十足的猎犬闻到了马鹿母子俩的气味，撒腿朝它们追来。

母鹿带着小马鹿子转身就逃，小马鹿子从来没有逃跑过，它那瘦弱的小腿很快就没劲儿了，没法儿再跑下去了。无奈之下，它的母亲用鼻子把它拱进一片蕨草丛中。"趴着别动，儿子，等我回来。"母亲低声说完这句话，就跑远了。

小马鹿子趴在那里大口喘气，猎犬离它的藏身之处越来越近了，小马鹿子按照母亲的吩咐，一动不动地趴着。两条猎犬狂吠着从它身旁跑了过去，正是由于母鹿站在前面引猎犬来追自己。狗吠声渐渐减弱，最终一切归于平静。

不一会儿，小马鹿子听到了一阵单调的声音，"咯哒咯哒"，声音越来越大，大地开始颤抖，一个巨大的黑影几乎压在了小马鹿子的身上，但很快就闪到了一旁，没有伤到它哪怕一根汗毛。"咯哒咯哒"的声音渐渐变弱了，过了一会儿，小马鹿子又听到了一阵之前曾听到过的阴沉的狗吠声。它并不知道，刚才是一个人骑着马从它头上疾驰而过，要不是那匹马躲闪及时，它已经被踩到了，它也不知道，正是由于那些猎犬不去追狐狸反倒去追一头鹿，那个人给了那些猎犬一顿狂风骤雨似的暴打。

接着，小马鹿子听到了之前从没听到过的两个声音，看到两个人骑马朝它走过来，它开始盼望母亲快点儿回来。来的两个人中，其中一个是男子，金发碧眼，脸被晒成了棕色，长得十分英俊。另一个是姑娘，看起来比那男子年轻一岁左右，也是金发碧眼，长得十分美丽——至少那个男子是这么认为的，因为他总是看她的脸。当然，由于小马鹿子从没见过这样的生物，所以并不知道他们是美是丑。

他们来到了离小马鹿子不远的地方，男子拉住缰绳，指着小马鹿子悄悄地说道："瞧！"姑娘也小声说道："那是一个小家伙！我真的很想把它带回家。"男子忙说："不，不行，它的母亲不一会儿就会来到这儿，我们越早离开这里，它母亲才越高兴。"于是，他们骑马离开了，小马鹿子听到他们聊了一路，好像有说不完的话似的。至于他们聊的内容，以及为何猎犬在山谷里奔跑的时候，他们在小山上单独待着，小马鹿子就不清楚了。

没过多久，母鹿回来了，你应该想象得出此时它们见到彼此，会有多开心。母鹿环顾四周，看到一切都平静下来了，便带着小马鹿子离开了。它们头顶烈日，沿着长满了低矮的金雀花以及到处都是松散石头的陡峭山崖走着。

"儿子，"母鹿说，"这是你第一次被猎犬追赶，但恐怕这不会是最后一次。你要记住，由于猎犬的脚爪很柔软，所以它们在这些低矮的金雀花丛里跑不快，但我们不在乎这个，因为我们的蹄子十分坚硬。对我们来说，这些松动的石头比金雀花还要好，因为石头上不会留下我们的气味，而且它们和金雀花一样，都会伤到猎犬的脚。"马鹿母子俩来到山脚下，在那里，一条小溪仿佛正在唱歌，在小马鹿子听来，小溪唱的是：

> 我不会留下你的任何气味，过来吧，过来吧，我是野生马鹿的好朋友。

母鹿带着小马鹿子向上走到一片浅滩，然后蹚过浅滩走到对岸。向下游走了一小段后，它们又跳入水中，向下游走去，直到走到一片舒适的阴凉地，它们才从水里出来，找了个地方平躺下憩息。

"现在，乖儿子，"母鹿说，"你还要记住一点，小溪说得很对，它不会留下我们的任何气味，除非猎犬看见我们，但是它们在水里是无法追踪的。猎犬总会试图寻找我们上岸的位置，如果我们上坡，它们就会向上追踪；如果我们下坡，它们就会向下追踪。所以，时间允许的话，你要是打算下坡，就要想办法让它们朝上坡方向追；你要是想上坡，就要让它们朝下坡方向追。总之，要让你的敌人向反方向追赶你，以此求生，就像我今天做给你看的一样。"小马鹿子很聪明，一会儿就记住了母亲教给它的知识。

它们一起平躺着，直到太阳落山才起来。它们朝水边走去，打算跨过小溪。水里有一大群长着艳红色斑点的小鱼，这些小鱼从鳃部直到尾部都长着类似指纹的条纹，它们是鲫鱼。

由于溪水十分清澈，小鲫鱼们对水上面的东西看得一清二楚。它们冲来冲去，一会儿散开，一会儿汇合，似乎正因为什么事而十分焦虑。小马鹿子隐约听见它们在小声地说话："咱们要不要问问它，问不问，问不问？"最终，一条小鲫鱼游到水面上，打出个小小的水花，小声问道："请问，您能告诉我们这儿离大海有多远吗？"

"怎么了，小家伙？"母鹿答道，"现在还没到你们游到海里去的时候啊！"

"哦，是没到时候，"小鲫鱼答道，"我们还没穿上银白色的外套呢，但我们特别想到海里去。您觉得我们是不是很快就会穿上银白色的外套了？"

"我觉得暂时还不会。"母鹿和蔼地说，"你们要有耐心，知道吗？再稍等一阵就行了，就再稍等一阵。"

"哦。"小鲫鱼说，听口气有些失望。整群鱼刚要游走，又掉转身来，数十条鱼跃出水面，说着"谢谢您""谢谢您""谢谢您，真是太感谢您啦"。小鲫鱼不仅拥有优良的血统，还彬彬有礼。出身高贵的人理应如此，但是，令人遗憾的是，人们并不总是这样。

母子俩话别小鲫鱼，来到了海边的悬崖上，那里有一大片欧洲赤松林，它们在赤松林里安了家。这些赤松由于饱受海风的吹打和海盐的侵蚀，无法长成大树，只能像常春藤一样贴着地皮生长。我得顺便提醒你一下，当你骑马在这些低矮的赤松间快速穿行时，要万分小心。当你穿行时，你要夹紧马肚，缩紧脚趾，否则你会摔个人仰马翻的，摔倒虽然不至令你受伤，但却会让你输在起跑线上。

小马鹿子十分喜欢它的新家，但它们在那里住了还不到三天，就在一天早上听到了微弱的马蹄声。声音持续了很长时间，尽管母鹿十分不安，但它们还是一动不动地卧着。突然，它们听到了从悬崖脚下的树丛中传来的狗叫声，以及一个男子高声叫嚷的声音，声音越来越近。接着是树枝发出的"哗哗"声，那头它们曾在荒野上见过的高大的公鹿跑了过来，它头往后仰，嘴巴大张，不耐烦地看着它们，神情既骄傲又可怕，十分严厉地说："快跑！"

马鹿母子俩惊恐地跳起来，在它们逃走之后，那头公鹿卧在它们刚才待的地方，硕大的鹿角靠在肩膀上，下巴紧紧地贴着地面。马鹿母子俩得分秒必争了，因为猎犬已经越来越近。穿过树丛后，母鹿把小马鹿子带上了一条小路，因为在树丛里小马鹿子无法跟上它的步伐。它们又跑了一段路，突然听到一匹马朝它们跑了过来，于是它们又返回树丛卧倒。

不一会儿，一个穿着红色大衣的男人骑着马小步跑了过来，他的眼睛紧盯着地面，看到猎犬后，马上让它们停了下来。接着，他掏出一只号角，吹了一声，便骑着马小跑着离开了，六条猎犬跟在他的后面。

马鹿母子俩还是卧着不动。又过了一会儿，它们又听到两匹马沿着小路缓步走来的声音，两个人正语速飞快地说着话。这骑马而来的其中一个正是几天前小马鹿子见过的那个盯着它看的漂亮姑娘，一个男子陪在她的身边，但不是之前的那个，这个男子不仅肤色黝黑，年龄也要大得多。

当这两个人从马鹿母子俩身边经过时，母子俩看见姑娘在朝男子微笑，美丽的眼睛一直望着他，这让男子十分开心。

他们骑着马往前行走，母子俩继续听他们说话，直到再也听不见了为止。接着，另一个男子独自骑着一匹灰马过来了，小马鹿子认出他就是之前和那个姑娘在一起的男子，他看起来十分痛苦和伤心。他停在母子俩对面的小路上，神情不安地看着地面，用马鞭狠狠地抽着石楠花丛，直到不慎抽到了可怜的马的鼻子才停下来。

他拍拍马,跟它道歉。没人知道他在那里停留了多久。突然,马鹿母子俩听到有人在大声高呼,接着号角吹出了急促的持续不断的声音。那个男子的脸色一下子变了,他一抖马缰,飞快地跑走了。

紧接着,马鹿母子俩就听到了急促的马蹄声,这些马都朝同一个地点跑去,声音渐渐弱了下去,最终什么也听不见了,但母子俩还是一动不动地卧着。一只白色的海鸥从它们头顶飞过,用阴沉沉的嗓音说道:"他们都走了,他们都走了。"你要知道,海鸥并不是因为人和马的离开而声音有些低沉——由于某种原因,海鸥说话的语调从来都是不欢快的。

母鹿站起来,领着小马鹿子小心谨慎地从树丛中走到开阔地带。它们看到远方有一长队马,绵延有两三英里,那些马一匹紧挨着一匹,艰难地往前行走。那些远远地行走在前面的猎犬,像小白点一样,在缓慢地往前移动。一个大些的斑点紧挨着猎犬,那是一匹马。母鹿带着小马鹿子来到了一个宁静的深陷山谷,它们在深陷山谷里找了个隐蔽的地方,才放心地平躺下来憩息。

当太阳开始下沉的时候,它们看到,在远处,几条猎犬和几匹马正疲惫地缓步行走在回家途中。不一会儿,马鹿母子俩就被附近的一个声音吓了一跳,紧接着它们就看到了并驾齐驱的两个人——那个骑着灰马的英俊男子和那个美丽的姑娘。母鹿起初提高了警惕,但其实没有必要。那一对儿彼此靠得很近,男子的手都放在了姑娘的马的脖子上,他们似乎十分醉心于彼此,对周围的一切都充耳不闻。

他们从马鹿母子俩身边走了过去。他们走后,又来了一匹马,身上架着马鞍,头上套着马笼头,浑身是泥,马鞍上的一个马镫也不见了。那匹马躺倒在地,滚来滚去,直到套绳"啪"的一声断开,马鞍掉到地上才停下。它站起身,抬起一条后腿把身上的缰绳踩断,然后又卧倒,用头去蹭石楠花,把马笼头从头上褪了下来,接着猛地摇了摇身子,以确保所有的累赘都甩开了,便去溪边喝了些水。喝完水后,它边啃着草边快乐地溜达着离开了。

后面走来的是一个疲惫的男子,他穿过石楠地,手里拿着个马镫。小马鹿子一下很难认出他就是自己一早见过的那个肤色黝黑的男子,因为他的帽子被压扁了,浑身都是泥巴。他艰难地行走着,四处张望,一不小心绊倒在一片草丛中,磕到了鼻子。虽然没有听见他说了什么,但鉴于他看上去十分恼怒,因此,他说的内容也不难猜出。

后来,这个人也不见踪影了。太阳已经落山了,雾气笼罩了整个山谷。马鹿母子俩留在原地,伴着流水的歌声进入了香甜的梦乡。至于那头公鹿,从那以后,它们就再也没有见过它了。

鹿

王

第五章
暴风雨来临

现在，森林里的草地迅速由绿色变为了黄色，石楠花也凋谢了，树叶最先变成金色，然后变成红褐色，最终变成了棕色，飘落到养育过它们的大地母亲的怀抱里。夜晚也在逐渐转凉，但马鹿母子俩并没有太在乎这个事情，因为它们的皮毛已经变得十分厚密了，很保暖，足以帮它们抵挡严寒。不过，糟糕的是，到了夜晚，荒野的各处地方都会传来恐怖的吼叫声。小马鹿子的母亲似乎被吓坏了，总是把它藏得好好的，以免被别人发现。

几天以后小马鹿子才明白这吼叫声意味着什么。那天，它的母亲把它藏在深陷山谷的一侧，它独自在那里待得很舒服。忽然，它看到一头公鹿正沿着深陷山谷驱赶着几头母鹿。小马鹿子吃惊地看着公鹿，因为和之前在夏天见过的模样相比,公鹿现在已经发生了很大很大的变化,几乎要认不出了。它壮硕的身体已经变得清瘦,泛着光泽的毛皮脏兮兮的,上面净是些半干的泥巴点。它的脖子比平常粗了一倍,在乱糟糟的鬃毛的衬托下显得更加抢眼。它的神情不再尊贵平静,而是暴躁不安,还长出了两道深深的暗色皱纹,总之,现在它就是一个邋遢的老家伙。

过了一会儿,公鹿在一小片烂泥上停了下来。它跳起来,把硕大的鹿角插进土里,挑起黑色的泥巴,甩到头上,然后倒在泥里来回打滚,鹿角在泥里搅来搅去,蹄子在泥里踢来踢去,好像中了魔一般,一直把全身都弄得湿漉漉、黑糊糊的。它伸了伸粗脖子,竖起鬃毛,好让黑泥水流下去。它不停地咆哮着,声音是如此恐怖怪异,吓得躲起来的小马鹿子瑟瑟发抖。这不足为奇,我猜当你头一次听到公鹿发情的叫声时,也会吓一跳的。

很快,远处传来了回应的吼声,另一头同样瘦削暴躁但体形略小的公鹿来到了深陷山谷。于是,这头公鹿便把母鹿撇下,前去与那个挑战者会面,场面看上去十分庄重严肃。它踮着脚走路,神情傲慢,步子缓慢,头向后仰,下巴朝天,眼中满是怒火。它喷着鼻息,在寒冷潮湿的空气中呼出团团水汽,向那个挑战者示威,很快,两头公鹿把头低了下来,抵在了一起。它们鹿角交缠,前后左右地推挤、冲抵，最终身形较小的公鹿打不动了，败下阵去，落荒而逃。血从胜利者侧腹上的大裂口里直往外流。它昂起头，发出胜利的吼声。然后，它再一次把母鹿赶到一起，追着它们跑。

这种吼叫和厮打持续了三个多星期。对马鹿来说，它们全年的争斗都集中在了这一个月里。这种行为听起来很不可思议，但与某些终年无休止地打架的动物相比，这未尝不是件好事。

这段时间里，小马鹿子的母亲一直让它躲开公鹿，不过，其他的访客仍然还是会不期而至。一天，一只长着长喙的小鸟拍着翅膀跌跌撞撞地飞了过来，好像不知道接下来要去哪里。突然，它拿定了主意，直直降落下来，恰好落在小马鹿子的鼻子上。小马鹿子吃了一惊，它的母亲却用最温柔的眼神看着这只小鸟，对它说道："欢迎你回到埃克斯穆尔高地，啄木鸟太太。这个夏天很干燥，你过得怎么样？跨海旅行还顺利吗？"

这只小鸟有一点儿外国口音，它语调悲伤地答道："我过得挺好的，旅行也平安，夫人，因为天气不错。但在我之前起飞、进行跨海旅行的一些啄木鸟，估计再也不会飞回来了，我担心它们已经被暴风吹进了海里。夏季太干燥了，很多幼鸟都夭折了，好几次我都得一只一只地带着我的孩子越过松林，跨过蓝色峡湾，前往新的育儿地点。啊！您总是只关注埃克斯穆尔高地，却从没见过那样的景象：哪怕是最高的小山也会淹没在那里的高山峻岭中，最宽广的溪流也只是那里的河流旁的细流。在挪威，我们不用闪躲俯冲，夫人，我们会笔直地高飞，发出愉快的叫声，但在这片灰色的英格兰大地上，我们没有心情欢叫。"它扇了扇翅膀，神情黯然地悻悻飞走了。

一天，母鹿说道："儿子，现在你该去见见你的朋友们了。"于是，它们出发了，一路上经过了小马鹿子几周大时就了如指掌的地方。但它们一头鹿也没有看见，也没有看到那只雌松鸡，甚至都没有听别人提起过它们。后来母鹿想到了要去见见兔子邦倪，邦倪还像往常一样坐在它的兔窝门口，头微微歪向一边，看起来很快乐。

"啊，夫人，您可真是稀客啊！"母子俩向邦倪问好，邦倪说道，"曳尔德姑姑和鲁笛夫人两天前还打听过您的下落，它们说：'请转告它我们要去邓克利山。'我想您应该去那儿，夫人。鲁笛夫人的孩子出落得可漂亮了，真是个甜美的小姑娘，但不如您的孩子，夫人。瞧瞧您的孩子，穿着棕色的小外套，真是个英俊的小家伙。我跟雌松鸡大婶也是这么说的，那是哪天来着？好吧，我想不起来了，但我确实是这么跟它说的：'好邻居，咱们夫人的小儿子啊……'"

"雌松鸡去哪里了呢，邦倪？"母鹿问道。

鹿

王

　　"这个我也不是很清楚，夫人。"邦倪答道，"很久以前它来找过我，它说：'邻居啊，人类又来这里打猎了，我得先走了。'但这是很久以前的事了，我记得当时我正在带第四窝孩子，上次见到夫人您之后我又有了两窝孩子。那些孩子都很可爱，我又找了个伴儿，夫人。您记得我的巴击吗，夫人？那个总不在家的家伙，有一天它出了家门就再也没有回来过，我想是鼬鼠把它抓走了。巴击是个好伴侣，但不瞒您说，它真的很笨。我该怎么办呢，夫人？我就又找了个伴儿，求爱的过程并不算长，它来找我，跟我说……"

　　"你刚才说雌松鸡一家去哪里了？"母鹿和蔼地问道。

　　"它说的地方是科拉圆，夫人。老天保佑，你要坚信它会回来的，因为它岁数大了，夫人。"

　　"家是最温暖的地方，邦倪。"母鹿说道。

　　"嗯，"邦倪说，"我昨天就是这么跟老啄木鸟说的，它当时跟我聊挪威。'那你就在挪威待着吧，'我说，'难道埃克斯穆尔对你来说不够好吗？要知道很多啄木鸟都是在这里长大的，它们从来没有横跨过大海。你瞧我，我就没到挪威那里去过，但你看我的孩子长得多棒啊！'对了，现在让我想想，到底有几窝孩子来着……"

　　邦倪花了好长时间来数数，尽管母鹿很想听听结果，但必须跟它告别，它们要继续旅行了。说实话，当小马鹿子听到邦倪夸它的棕色外套时，恨不得赶紧向别人显摆一下——每个人都对别人的夸赞而感到欣喜。

正当它们要蹚过一条小河时，小马鹿子看到一群小鲫鱼急匆匆地向它们游来，便迫不及待地招呼道："你们快过来看看我的棕色外套。"

小鲫鱼们却齐声答道："你快过来看看我们的银色夹克吧，我们穿上银色夹克啦！今天夜里会下雨，明天我们就可以出海啦！哈哈！"小鲫鱼们跃出水面，快活地扭着身子，它们充满了欢喜，并没怎么打量小马鹿子的棕色外套，仿佛那不过是一片杂草。

于是，小马鹿子只得跟着母亲继续前进，心中略微有一丝失望。它们离开了丛林中的黄色草地，来到了邓克利山的棕色石楠地。这片荒野上巨石林立，与它们之前去过的地方截然不同，所以小马鹿子走路的时候要格外当心。但没走多远，它就发现这并非难事，因为有母亲在前面领着慢慢行走，它有足够的时间学习该如何迈步。

它们就这样走着，一直行走到山脊上，那里的石楠花和野草在棕色的泥盆之间一丛挨着一丛生长，前面是一片泥塘，在泥塘的中央，它们看到了一群鹿。小马鹿子从没想过会有这么大一群鹿，那些成年公鹿足足跟它之前见过的互相打斗的公鹿一样高大，有三四头站在高处，另外有四五头聚在一起，安安静静地卧在那里。年轻

点儿的公鹿鹿角比成年公鹿的要小些，分叉也少一些，它们才两岁大，正是为新长出来的棕色鹿角感到无比骄傲的年纪，那些再小一些的公鹿，比它们还要感到骄傲呢。泥塘里还有十几头母鹿，几乎每个的身边都带着小鹿，在一旁替所有马鹿站岗放哨的是曳尔德姑姑。

"来吧，亲爱的，"它摆着架子说，"人越多越高兴。在湿地上，鲁笛和它的孩子平躺着的地方还有几张干燥的空床，但我要提醒你，夜幕降临前你得挪地方。"

马鹿母子俩走了过去，找到了鲁笛和它的女儿，在一起平躺了下来，两对母子有说不完的话。天色开始暗下来的时候，它们听到从西边传来微弱、低沉、连续不断的嗡嗡声，顿时，所有的母鹿都带着小鹿离开了泥塘。它们走下山脊，来到温暖、隐蔽的深谷，那里长着茂密的矮橡树，公鹿们则前往它们自己的安身之所。

很快，嗡嗡声越来越大了，大雨瓢泼而降，正如小鲫鱼们所预料的那样（我没法告诉你它们是如何预测到的）。后来，嗡嗡声变成了呼啸声，强大的风正在席卷整个荒山原林。不一会儿，一只老狐狸跑过来，抖了抖身上的雨水，平躺在了离鹿群不远的一侧；一只野兔也过来挨着它们，蜷缩在了另一侧；小鸟们也从它们的窝里飞了出来，颤抖着飞上了头顶上方的树枝。大家大气都不敢出，只得在那里窃窃私语："真是个可怕的夜晚啊！"

　　一整晚，狂风都在它们的头顶肆虐，暴雨在它们面前倾盆而下。它们一度隐约听到头顶上方传来哭号声："饶命啊！饶命啊！"那种哭号不像是海鸥发出来的。它们下方的小溪开始暴涨，溪水向下游奔流，整座小山周围的十几条小溪都在涨水，溪水沿着山脉奔流而下，溪水的咆哮声与狂风的怒吼声混成一片，那些小鲫鱼一定能够顺着这滔滔洪水游入大海。

　　到了早晨，马鹿们从藏身之处走了出来，大雨和狂风仍没有停歇，空气中充满了海水的咸味。它们看到地上有一只从没见过的乌黑色的小海鸟，它平躺在那里，已经奄奄一息了。这个可怜的家伙断断续续地说道："发发慈悲吧，大海在哪里？大海在哪里？我的海燕兄弟们在哪里？"由于它被风刮到了树枝上，一边的翅膀已经断了，它无力地拍了拍另一边的翅膀，大口喘着气，接着就一动不动了，马鹿们盯着它看了好长时间，但它再也没有说过一句话，也没再动过一下。

　　进完食，马鹿们又回到了深陷山谷里的庇护所平躺下来。雨逐渐停了，但是狂风依旧，不过相比狂风暴雨，这仍然是中午前的一段美好时光。到了中午，那只野兔突然跳了起来，逃出了深陷山谷，一分钟之后，狐狸也站了起来，它听到了动静，也跑走了。紧接着，所有的马鹿都站了起来，因为它们听到了猎犬们的叫声，看到了猎犬们裹挟着渴望和热情的身躯冲进了深陷山谷。

如果有谁告诉你，马鹿、狐狸和野兔不可能像我说的那样待在一起，那么你可以告诉他，在这个我描述的狂风暴雨的早晨，我亲眼看到它们沿着同一条路一个接一个地离开了深陷山谷。

所有的马鹿都迅速爬上了小山，一起奔跑起来。但很快，曳尔德姑姑、鲁笛和它的孩子以及我们的马鹿母子俩脱离了大队伍，跑开了。正如曳尔德姑姑所说的那样——猎犬在邓克利山的石头之间是跑不快的，它们很快就把猎犬们远远地甩在了后面。曳尔德姑姑十分喜好石头，当它跑到乱石滩的边缘时，它又带着鲁笛掉头跑了回来，我们的马鹿母子俩却朝着丛林跑去了，跑了一两英里后，直到没有猎犬追踪，才停下来歇息。

但是过了半个多时辰，曳尔德姑姑向马鹿母子俩飞奔而来，它看起来很焦虑。它说："我甩不掉它们，快跟我走！"紧接着，它们就发现猎犬正狂奔而来，于是顶着狂风拼了命地跑。小马鹿子勇敢地跟着大家一起狂奔，因为它已经长得很壮实了。

由于被追得很紧，曳尔德姑姑连忙抛下马鹿母子俩独自跑开了，很不幸，几条猎犬放弃了追踪它，转而开始追踪马鹿母子俩。它们逼得那么紧，所以马鹿母子俩被追分开。小马鹿子落单了，它一路狂奔到它熟悉的一条小溪边，溪水拍打着石头汩汩地流淌着，就像棕色的麦芽酒。

小马鹿子跳进了水中，朝下游跑去，水花溅了它一身。跑了还不到 50 码远的距离，它感到神清气爽，心脏也跳动得更有力了。它沿着小溪一路奔跑，直到小溪汇入了一条更宽的河流它才停下。它蹚过这条宽阔的河流，朝深陷山谷的另一侧跑去，几乎跑上了深陷山谷另一侧的顶端，才在那里找了个地方平躺下来。

平躺了一个多时辰后，它看到曳尔德姑姑正朝着它对面的河流跑去。曳尔德姑姑的脖子弯曲着，灰色的身躯上满是汗水，看上去疲惫不堪，它径直跳进奔流的河流中，一路向下猛冲，几分钟后，它身后的猎犬追了过来。一到水边，几条猎犬就跳进水中，游到了对岸，它们在河的岸边向下游跑去，一边跑一边仔细地搜索着。接着，小马鹿子看见曳尔德姑姑在一个水很深的地方停了下来，把整个身子都浸入了水中，只有头部露出水面。它很会选藏身之处，那里的河岸往里凹陷，河流漫到了一小丛荆棘旁，这丛荆棘能遮掩住它露出水面的头。

小马鹿子看见猎犬向下游跑去，在猎犬身后还有两个猎人沿着深陷山谷追了过去。那两个猎人几乎无法直面狂风，他们趴在马背上，马的眼睛睁得大大的，侧腹一起一伏，几乎和曳尔德姑姑一样精疲力竭。那两个猎人似乎在给猎犬们鼓劲儿，在呼啸的风声中，小马鹿子听不清他们说的是什么。

那群猎犬沿着河流向下追赶，最终它们来到了曳尔德姑姑藏身的地方。其中的两条猎犬停了下来，四处嗅探，十分困惑。曳尔德姑姑又把头往水里没了一些，就像死了一样一动不动，耳朵紧紧地贴在脖子上，使猎犬们无法找到它。过了一会儿，虽然猎犬们很不情愿离开，但最终它们还是沿着河岸继续向下游追去了。

这时，小马鹿子突然惊恐地发现，有几条猎犬留了下来，停留在了自己刚才上岸的地方，更糟的是，猎犬们不想离开。一条大块头的深褐色猎犬沿着深陷山谷上坡处的河岸十分缓慢地行走了几码，叫道："嗷！"对岸的猎犬听到叫声，马上跳进了水中，朝它游来。不到半分钟，每条猎犬都缓慢地朝小马鹿子的藏身处走了过来。小马鹿子吓坏了，不知道是该继续平躺着不动还是蹿出来逃命，这时，那条深褐色的猎犬又"嗷"地叫了一声，那声音雄浑、低沉，令人恐惧。小马鹿子再也受不了了，它一个箭步蹿了出来，朝山上跑去。

所有的猎犬都掉过头来朝它狂吠，向它追去，小马鹿子的心都跳到了嗓子眼儿上，但幸运的是，它很快就在山顶上把猎犬们甩开了。甩掉猎犬后，它朝邓克利山跑去，边跑边注意到猎人正吃力地向山上行走，想把猎犬们喊回去，却一点儿用都没有。很快，小马鹿子感到自己没有力气跑到邓克利山了，它强打精神，掉转身来，迎着狂风跑了起来，幸运的是，它追上了其他的马鹿，并且找到了鲁笛和它的孩子。

当小马鹿子跟其他马鹿会合的时候，那两个猎人总算是喊住了猎犬，把猎犬们又带回水边，去追踪曳尔德姑姑。不过可以肯定的是，曳尔德姑姑已经不在那儿了。小马鹿子争分夺秒地朝河的上游跑去，跑了一会儿后又蹚进一条稍窄的小溪，跑到这条小溪的上游后，它上岸选了个地方卧下身来，急切地盼望危险过去。

它的确是安全了，因为此时风已经转成了东南风，比先前的势头还要猛烈，顷刻间，大雨如注。一个时辰后，小马鹿子看到猎人和猎犬们步履沉重地打道回府，他们全身都湿透了，狼狈不堪。

又过了一会儿，小马鹿子的母亲找到了它，尽管它也精疲力竭了，但一看到小马鹿子，它还是发自肺腑地感到高兴。又过了一阵，曳尔德姑姑也过来与它们会合了，它走过来爱抚着小马鹿子，说道："我勇敢的小家伙啊，你今天救了我一命。"它完全忘了公鹿是不会这么做的。此后，马鹿们都走到最近的庇护所，蜷缩在一起相互取暖，一整天的历险所带来的惊恐，此时此刻都化作了转危为安的喜悦。

第六章
雄松鸡大战

　　这次历险之后，马鹿母子俩度过了几天太平日子。猎犬每周都会到邓克利山或者丛林里来，尽管马鹿们不必每次都要拼尽全力地奔逃，但为了保命，它们必须随时都要能狂奔起来。为了避免这种危险，几周后，母鹿又把小马鹿子带回了它们遇到老母狐和獾的丛林里，尽管那里除了它们就没有别的马鹿了。

　　由于下了一场大霜，整个荒山原林都被霜所覆盖。尽管马鹿母子俩有时候不得不到远处寻找吃的东西，但大霜也使它们免受猎犬的打扰。因为大霜的缘故，可怜的八哥和画眉缺少了吃的东西，它们的身体越来越羸弱了。小马鹿子经常看到它们蜷缩在枯叶上飞不起来，这时候老母狐就会走过去（它总是在丛林里待着，它的孩

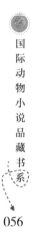

子们却分散到了各处），叼起那些可怜的、奋力挣扎的小鸟，饱餐一顿。尽管那些小鸟已经瘦得皮包骨了，老母狐还是会吃掉它们，因为它也已经是饥肠辘辘的了。

最终，霜冻化去，温暖的雨水落了下来，白天变得越来越长，太阳的热度也越来越强了。一段时间后，马鹿母子俩便又开始围绕着荒山原林游荡了。

一天，它们看到了十分有趣的一幕：一群雌松鸡站在石楠丛中，神情十分严肃。在它们旁边，一群雄松鸡像发了疯似的围成一圈跳舞，地都被踩秃了。雄松鸡们抖动着漂亮的羽毛，翅膀半开，向雌松鸡们展示着它们的美丽外表。

马鹿母子俩看着它们的表演。一只英俊的老雄松鸡慢慢地跳起了华尔兹，它的羽毛在带有寒意的阳光中熠熠生辉。它一直在用眼角的余光瞥着一只雌松鸡，跟人类走路分神，尤其是在跳华尔兹时分神会出现的情况一样，它跟站在它前面的一只雄松鸡撞了个满怀，差点儿就被撞倒。它十分生气地对那只雄松鸡说："喂，你这是怎么回事啊？"

那只雄松鸡也十分生气："你这个老傻瓜，如果你不停地这样撞我，我就把你的羽毛给拔光。"

老雄松鸡猛烈地抖了抖羽毛，说道："你竟敢拔我的羽毛，你这个小倒霉蛋，邋遢鬼！你竟敢拔我的羽毛！你要是敢动手，我一定会给你打扮打扮，让你整个夏天都不敢到这儿来。你胆敢叫我傻瓜，看我怎么收拾你！"

那只雄松鸡也火气十足，十分粗鲁地回敬道："你要给我打扮打扮？我倒要看看你有多大本事。一边待着去，别跟我耍横，我可不怕你，我就是叫你傻瓜。喂，傻瓜！大傻瓜！大傻瓜！"

话音还没有落定，它们就打成了一团，又是啄又是挠又是推的，用翅膀扇来扇去，掉了一地的松鸡毛。雌松鸡们在一旁观望，悄声对彼此说："它趴下了，不，它又站起来了。不，它又趴下了，那个老家伙看起来比它强壮多了。天哪，天哪，那个老家伙太厉害了，这下有它受的了！"

一场恶战过后，那只老雄松鸡上气不接下气地打起鸣来，炫耀着它的胜利，它叫道："现在看看，谁更厉害？"

雌松鸡们齐声答道："你是最厉害的，亲爱的。天哪！你简直太厉害了。把气儿喘匀了，亲爱的，看你跳舞真是一种美的享受啊！"

马鹿母子俩没有继续看雄松鸡们跳舞打闹，它们穿过荒山原林，回到了邓克利山，之后来到了霍纳丛林。它们发觉这个丛林很安静，好像猎犬从没有在附近出没过。在它们的头顶，橡树芽个个饱满成熟，都快要绽开了。它们脚下的草地像是一块光滑的蓝绿色毯子，上面点缀着星星点点的浅黄色斑点，因为蓝铃花和报春花正把头从枯叶中露出来，准备迎接春天的到来。金雀花也在绽放着娇艳的黄色花朵，新长出绿叶的荆棘看上去十分欢快，欧洲蕨也将绿色的卷枝伸了出来，迫不及待地舒展开来，仿佛要为马鹿母子俩搭个凉棚。

除了一两头年轻公鹿外，马鹿母子俩连一头老公鹿都没有见到，母鹿也不多，不过它们倒是能常跟鲁笛母女聊天。小马鹿子和鲁笛的女儿成了十分要好的伙伴，它们都一岁多了，又有很多相同的经历，所以有很多话要说。一天，小母鹿告诉了小马鹿子一个秘密，说它的母亲再过几个月就会给它生个弟弟，而它则要母亲保证到时候最喜欢的还是它。

事实上，小马鹿子觉得自己长大了，不应该再跟小母鹿一起玩儿了，而应该跟那些年长些的公鹿待在一起。当白蜡树开始发芽的时候，霍纳丛林里所有的公鹿都会成群结队地去吃嫩芽，没有比白蜡树芽更美味的东西了。小马鹿子也加入了它们，一起贪婪地大嚼特嚼，不过因为它个头儿并不高，所以吃的嫩芽并不是最好的。

白蜡树的叶子长出来没多久，小马鹿子的头就开始疼了起来，尽管头痛通常让人不舒服，但小马鹿子的头痛不仅轻微，还十分有趣，因此它也不是太在乎。它的头顶两侧各长出了一个小鼓包，摸起来热热的，十分娇嫩。小鼓包渐渐长成了附有黑茸的结节，它觉得这样可帅气了，虽然咱们可能并不这么认为。小马鹿子对此感到特别骄傲，夜晚喝水的时候，它经常注视着自己的倒影，看看鹿角长得怎么样了。

让它感到欣喜的是，成年公鹿的鹿角并不比它头上的大多少，因为它们的角不知什么原因已经掉了，在粗脖子和鬃毛的衬托下，显得傻气十足。不过因为几乎遇不到老公鹿，所以它也没机会问它们鹿角为什么会掉。

有一天，它终于有机会向一头满嘴都是常春藤的老公鹿问这个问题了，但是，由于它的语气有些急迫，看起来像个包打听似的，所以老公鹿嘴里叼着常青藤盯着它看了足足一分钟，然后态度恶劣地说："走开，别多管闲事！小鹿崽别那么多嘴多舌！"我们的小马鹿子听到这话气坏了，因为它已经快两岁了，不再是小鹿崽了。它跑到水边去看自己的倒影，当它看到鹿角长得十分漂亮时，心情也一下子就好转了，尽管那头老公鹿很不友善，它还是很庆幸自己既没有顶嘴也没有说粗话，因为这和马鹿的身份十分不相符。

几天过后，它终于找到了问题的答案。一天清晨，当它和其他几头年轻马鹿在一片玉米地里觅食时，一头四岁大的马鹿跳过树篱跑了过来，一条牧羊犬紧跟其后。那头马鹿实在是太惊慌了，在跃过田地角落处的树篱时，没有注意到悬伸出来的树枝。只听见"砰"的一声，它

鹿

王

的两个鹿角都撞掉了,掉在了树篱的一边。它不敢理会,继续向前狂奔,把鹿角丢在了身后。

经过这么一吓,所有的马鹿都慌了神,因为它们没有想到牧羊犬会这么早就出来。一般来说,牧羊犬是不会这么早就出来的,那条牧羊犬很有可能是没事儿出来闲逛的。当我们的马鹿小伙子(我们必须得叫它马鹿小伙子了,因为它已经长大了)把这件事告诉它母亲时,母鹿的表情变得十分严肃。当天夜晚,母子俩就穿过荒山原林,往去年夏天它们藏身的丛林去了。

在那儿,它们见到了所有的老朋友。獾已经给自己挖了个新洞,看上去十分高兴。老母狐则觉得獾的老房子住起来十分便利,就把它改造成了哺育婴儿的房间。马鹿母子俩路过的时候,还看到三只小狐崽从一个洞里探出头来,像那些调皮的小男孩一样冲它们眨了眨眼睛。一切迹象表明这里很安全。

就在它们到达丛林后的第二天,它们听到从山谷的另一侧传来了响亮的犬吠声,听起来就像是小狗贴着地皮发出的声音,此外还能隐约听到人们的交谈声以及马蹄铁不断地撞击石块发出的叮当声。

到了夜晚,马鹿母子俩壮着胆子从藏身处走出来,却看到老母狐像疯了一样四处乱窜,呼喊着它的幼崽。狐狸窝被捣毁了,毫无疑问,那些人把小狐狸挖出来带

走了。可怜的老母狐发出的哭喊声听着实在是让人心碎,于是,马鹿母子俩离开了这片丛林,回到了以前的荒山原林上。

　　某一天,它们来到了一片陌生的地方,大地在它们面前越升越高,溪流也越来越多,从泥煤地各处的裂缝里倾泻而下,朝大海奔去。它们脚下的土地变得很松软,轻轻一踩便会不小心塌陷下去。溪水顺着裂缝处参差不齐的泥煤地边缘流下来,越流越多。它们继续向高处走去,最终它们看到了一片乱糟糟的草地、泥沼还有泥盆,泥盆周围泛着白白的碱花朵。

　　它们所处的山脊是埃克斯穆尔高地所有河流的源头,这些河流顺着各处的山坡流入大海,这可真是一片蛮荒的险要之地啊！它们遇到了一只比画眉大不了多少的小鸟，它的喙深深地插在泥里。母鹿说道："早上好，鹬先生。您的妻子还有您的孩子都还好吧？"

那只小鸟急忙把长嘴从泥里拔了出来，因为嘴里正叼着一条大虫子，不得不再等一两分钟才可以开口讲话。它使劲儿吞咽，最终把虫子咽了下去，然后它在一个小水坑里洗了洗嘴，才说道："它们都很好，谢谢您，夫人！孩子们现在都长大了。"

"您能不能告诉我山的那边是哪里呢？"母鹿问道。

"我不太清楚，而且也没法儿回答夫人您的问题。"鹬说道，"但您会在稍远点儿的地方碰到老野鸭，它知道，它会告诉您的。"说完它又把喙插进了泥土里。

马鹿母子俩在泥盆旁平躺下来憩息，一直躺到傍晚才起来。起来后还没有走多远，就到达了山顶，在那里，它们见到了一个全新的世界。它们的面前是无数交错的小山，小山与小山之间被广袤的绿色浅滩分割成无数小面积的田野以及上百个长着树木的山谷。在它们前面大概50英里处，大地再一次攀升而上，直抵庄严耸立、直冲云霄的青蓝色达特姆尔高原上的突岩。在它们的右手边，荒山原林仿佛一跃而起，绵延了数英里，直达海边。它们看到白色的海浪拍打着比德福德海岸，再远处就是矗立在大海中的兰迪岛，比兰迪岛更远的地方是礁石林立的哈特兰德角。在夕阳的照射下，哈特兰德角呈现出一片紫色，给人一种荒凉之感。

母鹿焦虑地看着它们脚下树木繁茂的山谷，正思考着该朝哪里行走时，听到了一阵"嘎嘎嘎"的叫声。母鹿循声望去，发现一只老母鸭正在一条小河里游水。老母鸭一本正经，神情庄重，它的孩子们围在它的身边，还有一只公鸭跟着它们。母鹿走过去，彬彬有礼地向它们问好。

"啊，老天保佑您，夫人！孩子们已经长大了，不能再称之为小鸭了。"老母鸭答道，"我很快就会带着它们沿河而下，去见一见世面。听说有些母鸭直接把它们的孩子带到大河里去，那样做可真够奇怪的，我可不敢苟同，这是我的鸭先生告诉我的。亲爱的，请问您在河的下游有什么见闻？"

鸭先生十分害羞，它只是嘟囔了几句它们听不清的话，就游走了。那只老母鸭接着小声对母鹿说："您瞧，夫人，它才刚开始换毛，很快它就会跟我一样羽毛蓬乱了，这种状况要持续差不多一个月，直到它的新外衣长出来为止。每年都这样，它总是受不了。夫人，它这个样子会让人以为它是母鸭而不是公鸭，虽然我不得不承认，公鸭的外衣确实比母鸭的更漂亮。您知道吗，夫人，这些当丈夫的要多虚荣有多虚荣！它跟我讲过那些母鸭的做

法,我得再说一遍,那种做法我绝对不同意。我在泥盆地把孩子们养大,教会它们游泳。在它们长大能照顾自己之前,我让它们待在小溪里,以防它们受到什么伤害。我觉得这样很好,我不同意其他的做法,我是不会让我的小鸭们被淹死的。"

"这条河是不是很安静啊?"母鹿问,"我们能在山谷里住下来吗?"

"山谷和泥盆地都很安静,夫人。"老母鸭说道,"美丽的丛林绵延了好几英里,我确定我曾经听别人说,您的家族几年前曾在那里住过。"

于是马鹿母子俩话别了野鸭一家,下山来到了这个陌生的山谷,发现情况正如老母鸭所言,丛林沿着小河足足延伸了好几英里。尽管山谷离荒山原林距离很远,但这里长着青草、玉米、萝卜以及各种各样任由它们享用的美食,所以它们决定在这里舒舒服服地度过整个夏天。

第七章
偶遇雉鸡王

一天，当马鹿母子俩外出觅食时，我们的马鹿小伙子看到了一只棕色小鸟，围着棕色小鸟"啾啾"叫个不停的雏鸟足足有十二只。因为它喜好广交朋友，所以它小跑过去想跟这只陌生的小鸟打招呼。令它吃惊的是，它还没跑过去，那只棕色小鸟就扇扇翅膀，朝它飞了过来。

"不许你碰它们，"小鸟生气地说，"你要是敢碰它们一下，我就啄瞎你的眼睛。"

"不用担心，"马鹿小伙子说，"我亲爱的朋友，我是决不会伤害你们的。"

"哦，请您原谅！"小鸟说，"我没看清您是谁，还以为您是一条牧羊犬呢，是您的话那就没关系了，我想您是从山谷下面来的吧。"

"不，我是从荒山原林来的。"马鹿小伙子说。

"我从来没有去过荒山原林。"小鸟说，"山谷下面有很多你们的同类，至少我觉得是你们的同类，请您原谅，我不太清楚您到底是哪一种动物，您想知道怎么去那儿吗？如果想知道的话，您沿着河往下游行走，走出丛林，穿过田野，直到您看到另一片丛林，您的朋友们就在那里。请您原谅我把您当成了牧羊犬，因为我从没见过您这种动物，那些牧羊犬总是让我们鹧鸪十分烦恼。"

说完，它带着孩子们离开了。马鹿小伙子一听还有其他的马鹿，十分兴奋，便恳求母亲带它去鹧鸪所说的地方，母鹿同意了。于是，马鹿母子俩按照鹧鸪指的路线，走过田野，进入了它所说的丛林。令它们失望的是，它们连一头鹿都没有见着，所以马鹿母子俩只好又穿过丛林朝山谷走去了。

它们来到了一座有河流穿流而过的园子，那里的树木比别处的要高大，有山毛榉、橡树、柠檬树，还有栗树，等等。这些树有些长成一排，有些则长成一丛，构成了一大片美丽的绿海，在清晨的露水中显得青翠欲滴。在那里，马鹿小伙子看到了一群鹿，它十分高兴，连忙跑过去跟它们打招呼。但令它十分疑惑的是，这群鹿有一些是黑色的，有一些是白色的，还有一些是红色的，更多的则是长有斑点的，虽然有不少鹿长着和它的一样大甚至是比它的还要大的鹿角，但没有一头鹿的个头儿能比得上它，所以，马鹿小伙子认定它们是一群长着不同样式鹿角的小鹿。它朝它们中间个头儿最大的那头走过去，摆着谱说道："早上好啊，我的小朋友！"

谁知对方却扭过头来说："小朋友？您知道我是谁吗，先生？我可是这个园子的公鹿主人。先生，我可不乐意您叫我小朋友。"

"为什么你们不去丛林里或荒山原林里生活呢？"马鹿小伙子吃惊地问，"我从没在那儿见过你们。"

"您没有听见我刚才说的话吗，先生？我是这个园子的公鹿主人。"公鹿说道，"您知道这是什么意思吗？我是这群鹿的主子，统管着这园子里的一切。我为什么要到丛林或荒山原林去呢？整个美丽的绿色植物园都是我的王国，夏天有无尽的青草可供享用，寒冬有充足的干草让我饱腹。先生，请问您冬天有干草吃吗？"

"你说这话是什么意思？"马鹿小伙子打断了它的话，"你是说你们可以不用自己寻找吃的东西吗？"

正在这时，母鹿跑了过来，把马鹿小伙子带走了。"它们是可怜的鼯鹿，"母鹿说，"你不应该自降身价与它们交谈，我教过你的啊。"

"不，不是的，母亲，"马鹿小伙子答道，"它们竟然宁愿待在这个可怜巴巴的小园子里，也不愿意自由自在地

在丛林里、荒山原林里漫步！它们怎么这样啊？我得回去好好劝劝它们。"

可公鹿一听这个，就赶紧跑开了。马鹿母子俩又朝刚才经过的丛林走去，就在它们进林子时，一只长着灰色的背、玫瑰色胸脯和亮蓝色翅膀的漂亮小鸟扇着翅膀从它们的头顶飞过，高声尖叫道："进来吧，请进！任何陌生人走进林子，我们松鸦都要在这里高声鸣叫，这是我们应该做的。"它的确十分称职，在那里聒噪了半天。因为刚才马鹿母子俩第一次进来时，它正不务正业地看着另一只小鸟的一窝孩子，没有注意到它们，所以它现在以起劲儿的鸣叫作为对刚才渎职的一点儿补偿。

不一会儿，另一只小鸟迈着优雅的步子朝马鹿母子俩走了过来。它的脖子是绿色的，眼睛周围一圈是亮红色的，身上的羽毛是锃亮的金铜色。马鹿母子俩看到后，一前一后地朝它走去。它见马鹿母子俩在朝它走来，便停住了脚步，等马鹿母子俩又走近了些，它才走上前去，摆着架子对马鹿小伙子说道："欢迎你，年轻的先生，欢迎来到我的丛林。我没兴趣知道你是谁，但我想你应该听过我的名字——环颈雉。"然后它昂首挺胸地说道，"毫无疑问，你一定听说过我的大名。"

"恐怕没有听说过。"马鹿小伙子很有礼貌地说道，"不好意思，我是从荒山原林里来的。我觉得，刚才穿过丛林时,我应该见过一两只像您一样的鸟儿。"

"像我一样的鸟儿?"那只鸟疑惑地说,"你确定它们长得像我吗?很像吗?真的吗?"

"嗯,"马鹿小伙子迟疑了一下,"它们的脖子上和您一样也有一个漂亮的白圈……"

"什么?"那只鸟打断了它的话,"脖子上长着白圈,像我?啊,你们这帮年轻人啊!亲爱的年轻人,你可得好好补补课。我的脖子上长着白圈吗?没有。好吧,请你原谅,我现在必须背对着你一下,你要知道我和它们是不一样的。"小鸟缓缓地、郑重其事地转过身去,背对着马鹿小伙子。小鸟的举动让马鹿小伙子目瞪口呆,不知说什么好。

"好吧,"过了一会儿,那只鸟回过头来说,"你一句话也没说,你是不是没注意到啊,我亲爱的年轻人?我问你,你看到我的背上有绿色的羽毛吗?"

"没有。"马鹿小伙子如实回答。

"那么,"那只鸟很痛苦地说,"你再好好看看,在这个世界上,我可是绝无仅有的,年轻人。我有着古老的英格兰血统,是我的家族里仅存的一只。几百年前我们的种族就从法希斯岛来到了这里,在英格兰安家落户,冒昧地说一句,我们可是英格兰最美的风景。但是现在有一支可怜的中国鸟族来到了这里,在它们所待的地方,

满眼都可以看到白脖圈和难看的绿后背。我的孩子们现在都已经不在了，它们结婚生子去了，唯独我还保留着那古老的纯正血统，最后的一只纯正的雉鸡，这片知名林地的最终的君王——最终的，也是最伟大的。老天保佑，那是什么？咯咯咯咯咯。"它扇动着翅膀飞上了一棵落叶松，扯着嗓子嚷道，"你这个卑鄙的小家伙，我不是说过不准你来这片丛林吗？回家抓老鼠去，回家去。年轻人，求你把那个家伙赶走吧。"

马鹿小伙子四下看了看，看见一只黑白相间的小猫钻进了丛林里，越走越近。它从没见过这种动物，一点儿也不喜欢它的模样。小猫正眼都没瞧雉鸡一眼。母鹿跑过去，声色俱厉地说道："回家去，小猫，快回家去，你竟敢到林子里来！当心点儿，否则不会有什么好果子吃的。"然后那只猫没命地逃走了。我还得说一句，它的确没有落得什么好下场，一周后它掉进了一个陷阱里，头摔破了。鬼鬼祟祟的猫早晚都是这个结局，所以如果你养猫，最好还是把它关在家里吧。

"啊！"看到猫走开了，雉鸡着实松了一口气，"那就是你的母亲吗，年轻人？它真是个好人啊！改天你一定得帮我介绍一下，现在我很不舒服，没有办法继续说下去了。"

之后马鹿母子俩就离开了，雉鸡则卧在落叶松上，一点儿君王的气势也没有了。

马鹿母子俩在丛林里转了转，对这里感到十分满意。这里的地面有干有湿，既有可供晒日光浴的床铺，也有可供纳凉的安歇之处，既可暖身又可避暑，既静谧又安全，这就是所有的野生动物都喜欢住在布莱姆里奇丛林里的原因。

在这里居住了几天之后，马鹿小伙子头上的鹿茸开始发痒，这让它感到很不舒服。它一个劲儿地摇头晃脑，但这只能让茸毛一点点地掉下来。后来，它挑中一棵光滑的小白蜡树，在上面又磨又蹭，直到鹿茸都脱落下来为止，这下它的鹿角就变得光溜溜的了。它心满意足，非要跑到河边去看看自己的倒影不可。看了之后它还是不满足，非要到园子里去让黇鹿看看自己的鹿角。不过，令它有些尴尬的是，黇鹿的鹿角虽然像人手一样扁平，却比它的要大得多，但是它觉得黇鹿的鹿角一点儿也不好看。

母鹿有些焦躁不安，总是到处游荡，所以它们把附近所有的丛林都逛了一遍。一天，马鹿母子来到了一个地方，那里长满了杜鹃花、映山红以及它们以前从没见过的一种高大的松树。如果没有听到野鸭的叫声，它们是不敢贸然前往的。这些野鸭把它们引到了一条小溪边，它们沿着溪流行走，来到了一条瀑布前，看到眼前的

景象,它们惶恐地站在那里,足足站了有一分钟。瀑布下平躺着三只小鸭的尸体,个头小小的,就像三撮湿乎乎的羽毛,如果不是它们可怜的橄榄绿小嘴,根本无法辨认出来。

母鹿母子俩听到下方传来了"嘎嘎嘎"的叫声,就朝那里走去,没走出多远,就发现了十来只公鸭和母鸭,和它们在荒山原林上见到的一模一样,全都羽翼丰满。

母鹿赶紧走了过去,但它们根本没有注意到它,它向鸭子们问早安,它们还是没有理它。于是母鹿尽可能客气地说道:"恐怕你们的孩子遭遇了不幸。"

总算有一只母鸭回过头来,粗鲁地说道:"什么?你说什么?"

"我在瀑布边看到你们的孩子已经不行了。"母鹿说。

"哦,"那只母鸭更加无礼了,"那就让它们在那儿平躺着吧,我可没工夫管它们,谁让你来这儿多管闲事的?"

母鹿十分生气,从来没有人这么跟它说过话,它记得荒山原林上的老母鸭跟它说话时可不是这种语气。虽然撇下这些丢人现眼的鸭子扭头就走或许更明智,但它没有这样做,而是开始教训起它们。

"什么?"母鹿说,"你的意思是说任由那些可怜的小

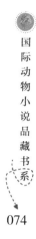

家伙丧命吗？这简直是闻所未闻，你们应该对此感到羞耻。"

所有的鸭子都叫嚷起来。"噢，我说，这儿有个老家伙要教育我们怎么抚养孩子。"一只鸭子说道。"我是不是应该爬上岸，教教你的小家伙怎么逃命啊？"另一只说道。"小东西，小心你的犄角别掉了。"第三只说道。马鹿小伙子一下子被惹火了，它刚刚把鹿茸清干净，鹿角怎么可能掉呢？"那个老家伙没长犄角，"第四只说，"那边的地里有一头老牛，要不要我找它借一副犄角给你呢，太太？它肯定是乐意借的。"

它们顿时全都哄笑起来："嘎、嘎、嘎、嘎。"我不得不遗憾地说，母鸭子的笑声比公鸭子的笑声还要大。它们充满了野性，又是那么可耻、庸俗、可恶。

马鹿母子俩听着这恶俗的声音，没再说一句话，而是有尊严地离开了。离开的时候，它们看见一只老灰狐跑到了水边，躲了起来，像石头一样一动不动。母鹿掉头回去想警告那些鸭子，它们却边游水边讥笑道："嘎、嘎、嘎。"母鹿气得一句话也说不出来。

过了一会儿，那群鸭子边笑着边朝岸边游去，一只接一只地上了岸。说时迟那时快，狐狸猛地跳了出来，一下子就咬住了走在最前面的那只公鸭的脖子，把它抛到了背上，小跑着离开了。剩下的鸭子赶忙跑回水里，它们实在是咎由自取。你也许会为它们的言行感到遗憾，其实，它们并不是真正的野鸭，而是所谓的家养野鸭，被人从伦敦肉类市场买回来的。这就可以解释它们为什么举止无礼、言辞粗鄙、妄自尊大了。像其他许多动物一样，它们是在镇子里长大的，十分自以为是，可实际上它们连自己的孩子都不会照料。

　　母鹿对这些鸭子十分厌恶，它开始意识到它们离荒山原林已经太远了，事实上也的确如此。在回布莱姆里奇丛林的路上，马鹿母子俩被一条牧羊犬追赶，为了彻底把它甩掉，它们跃过篱笆跳进了牛群里，却被这群牛一起追逐、围攻。因为这些遭遇，母鹿觉得再也不能跟家养动物所生活的地方有任何联系了，必须立刻回荒山原林去。马鹿小伙子觉得回到它们山谷上方丛林里的老家会更好一些，但母鹿已经迫不及待地要回荒山原林了。所以就在当天夜晚，它们启程回荒山原林了。

鹿
王

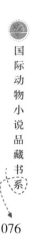

第八章
失去母亲

当再一次踏上石楠地并听到荒山原林里的清风歌唱时，马鹿母子俩感到十分高兴，而当它们跟上了鹿群，找到了曳尔德姑姑和鲁笛的时候，它们就更开心了。正如之前所说，鲁笛夫人给它的女儿生了个小弟弟，那是个相当可爱的小家伙，已经穿上了带有白点的棕色外衣了。

然而，就在马鹿母子俩抵达荒山原林没多久，公鹿们又开始发情打斗了，整整一个月都不得安宁，直到它们累得筋疲力尽，安下心来准备平平静静地再过一年日子时，荒山原林里才安静下来。

接下来，下了一周的寒霜，地面被冻得硬生生的，这阻碍了猎犬来找它们的麻烦，马鹿母子俩开始真心觉得它们能过一个安静的冬天了。过冬的朋友也成群结队地回来了，啄木鸟在一个月朗星稀的夜晚带着它的全部家人以及另外两家人回到了这里，它们在悬崖上安营扎寨，因为那里的泉水靠近大海，没有冻结。一个又一个晴朗的夜晚，马鹿小伙子看到啄木鸟们都在用它们那长长的喙在松软的土壤里翻掘，几天不见，它们长得越来越肥了。

一天早晨，海鸥从海上飞来，尖叫着报告说西风和雨水就要来临了。就在那天晚上，霜冻消失了，接下来是连续三天的乌云密布、细雨蒙蒙，然后才是晴空万里、蓝天白云。此时，马鹿们从丛林里来到旷野上，享受着圣马丁的夏天。

然而有一天，当马鹿们在湿地中央的草丛中平躺着歇息时，马和猎犬突然光顾了这里。它们吓坏了，立刻一跃而起，慌忙逃窜。虽然只有两条猎犬在追它们，但马鹿母子俩十分警惕，因为这些猎犬嗅觉灵敏，在它们身后跑得飞快。

跑了不到四分之一英里，曳尔德姑姑拐了一个弯，朝另一个方向跑走了，见状，鲁笛带着它的儿女朝着与曳尔德姑姑相反的方向跑去。猎犬任由它们逃走，只在我们的马鹿小伙子和它的母亲身后穷追不舍，因为它们之间仿佛用线拴着，从不分开，这反而方便了猎犬的追击。

马鹿母子俩拼尽全力地奔跑，却仍然甩不掉那两条猎犬。为了甩开猎犬，它们只能分头行动，各自跑开了。马鹿小伙子向悬崖跑去，它从小溪上一跃而过，身子没有被溅湿。当它慢慢地跑上小山，前往它选择的避难所时，它看到它的母亲正在黄色的草地上飞速地奔跑着，两条猎犬一前一后地跟着它，两条猎犬之间的距离连一英寸都不到。它看到母亲像离弦的箭一般越过一道篱笆门，几分钟后，两条猎犬也越过了那道门，一秒钟也没停留，像风吹花散一般，直追而去。

马鹿小伙子掉转方向跑进了林场，它胆战心惊而又绝望地跃过了低矮的树丛，把啄木鸟吓得魂飞魄散。它又从林场一路跑到了悬崖边的橡树林，接着从那里跑到海滩，然后毫不迟疑地跳进大海，迎着海浪游了起来。

冷水让它精神大振，但它很快就停止了游泳，转过身子，静静地漂在水面上，巡视四周，看自己是否已经安全了。丛林里十分安静，海边和悬崖上都看不到猎犬或马的踪影。

又等了一刻钟，它才游了回来，爬上悬崖，一直走到淡水溪畔。它在那里豪饮了一番，还遇到了一只路过的啄木鸟，这是它在逃跑的路上惊扰过的鸟群中的一只。这时那只小鸟因为被吵醒而十分不快，它说："你刚才究竟为什么狂奔不已啊？既没人追你，也没人吓你。我当时正睡觉梦见挪威呢,你把我的好梦都给搅了。"

啄木鸟脾气还可以, 很快就消了气。得知自己没被追赶,马鹿小伙子一下子就放心了,于是它离开啄木鸟,找了个地方平躺下憩息。到了夜晚,它动身去找它的母亲,却怎么也找不到。

第二天一整天, 它都在四处询问其他马鹿有没有见过它的母亲,但毫无结果。它见到了曳尔德姑姑和鲁笛,询问它们,它们也一无所知。猎犬们也许知道它母亲的下落,但它不敢去问它们,所以到了最后,它只能十分悲伤地放弃了寻找。它认定母亲不会再回来了,它想得没错,母鹿再也没有回来过,它也没有再见过它。

不过, 马鹿小伙子已经长大了,可以自己照顾自己了, 是时候独自面对这个世界了。许多年龄和它相仿的马鹿都可以做它的伙伴,曳尔德姑姑和鲁笛的小女儿作为老朋友也留在它的身边,它在邓克利山定居了下来。幸运的是,在余下的冬日里,猎犬没再找过它的麻烦。

终于,春天再一次光临,整个荒山原林一片祥和。白蜡树长出了嫩芽,和往年一样,所有的年轻公鹿都聚在一起啃食白蜡树的嫩芽。我们的男主角在这个春天吃到的嫩芽多了些,因为它长得更壮实了,可以把其他的一些小公鹿赶跑了。

可是到了四月中旬, 它的鹿角又开始疼起来, 这让

鹿

王

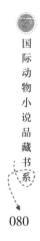

它十分难受。情况越来越糟了，一天早晨，一边的鹿角疼得它实在是忍无可忍，于是它猛地摇晃了一下，鹿角晃动起来，它还没明白是怎么回事，鹿角就一下子掉了下来。它疼得瑟瑟发抖，在那里站了足足有一两分钟，寒冷的空气刺激着断角的地方，让它感到钻心的疼。过了一会儿疼痛感减轻了，它便离开那里躲了起来，因为它觉得只长着一只鹿角十分丢人。

但过了几个时辰，它另一边的鹿角也跟刚才那边一样疼了起来，正当它不知如何是好的时候，一头大概两岁大、两只鹿角都在的公鹿走了过来。尽管这头两岁大的公鹿比马鹿小伙子小得多，可是它十分讨厌马鹿小伙子，因为马鹿小伙子吃到的白蜡树芽比它多。这头两岁大的公鹿认为眼下是报复的绝好时机，便迅速走过来，把头低了下来。看此情景，马鹿小伙子赶紧跑开了，它知道，自己只有一只鹿角，怎么抵得过有两只鹿角的鹿呢？

可是就在马鹿小伙子从橡树下跳过的时候，那只剩下的鹿角撞上了一根树枝，"砰"的一声掉了下来。现在虽然自己没有鹿角了，但它知道，再过一段时间，自己就能跟那头两岁大的公鹿抗衡了，因为到时候那头公鹿的鹿角会脱落，而自己却会长出新的鹿角，甚至还能露出两英寸的鹿茸。

到了秋天，当鹿茸开始脱皮的时候，马鹿小伙子长出了比其他同龄马鹿都要大得多的鹿角。鹿角像笔直的月桂树一样，又结实又强壮，这是因为它出生得早，还有一位好母亲。

又过了一年（有朝一日，你会发现随着年龄的增长，时光也飞逝得越来越快），马鹿小伙子又换上了新鹿角，换上的新鹿角一左一右，都和月桂树一样笔直挺立，共分出九个叉来。

快到夏末的时候，一头高大的老公鹿找到它，对它说："帅小伙儿，现在你不应该再和母鹿还有小鹿待在一起了，你必须跟着我，做我的随从。"

马鹿小伙子觉得被这么出色的老公鹿相中是一种莫大的荣誉，就高高兴兴地跟着它走了。它们在一起待了几周，马鹿小伙子感觉很好，因为老公鹿知道所有最好的觅食地。

老公鹿总是把最好吃的东西留给自己，不过，它还是会留些很好吃的东西给随从。这个贪婪的老家伙非常浪费，如果它们去萝卜地，它会在萝卜上咬一口，然后把它扯出来丢在地上，接着又去咬下一个。就这样，它常常会一连拔起十几个萝卜，然后把它们丢到脑后，它这样做只是为了好玩儿或是显示它脖子的力量。在玉米地里，它吃东西也十分浪费，玉米从不啃干净，总是吃一半扔一半。马鹿小伙子感觉母亲吃东西时就比它节省多了，母鹿会在每个萝卜上咬四五口，再把萝卜从地里拔出来扔掉；吃玉米时，母鹿会把整根玉米啃得干干净净的。

但我要很遗憾地说，马鹿小伙子会以老公鹿为榜样——很快，它就会变得像老公鹿一样爱浪费了。的确，我从没见过也从没听说过有哪头公鹿是不学这些坏习惯的。

老公鹿唯一不需要随从陪伴的时候，就是它饱餐一顿后平躺在树丛里憩息时。这个懒家伙对床铺十分讲究，它对悬崖上所有安静的、不会被猎犬发现的地方都了如指掌。它会让随从停下脚步，停留在离自己不远的地方，自己却一跃数英尺，跳进密林中，轻声对随从说："我现在感到很舒适，你自己到前面找个地方平躺着憩息吧，但别走得太远，得在我的上风头待着，这样，当我需要你时就能很快找到你了。"

马鹿小伙子习惯了听令行事，对老公鹿的话言听计从。然而，等到了深秋，它发现了老公鹿的可恶。一天，马鹿小伙子正安安静静地平躺在悬崖上的丛林里，突然听到了熟悉的猎犬叫声。它马上去通知老公鹿，老公鹿却朝它扭过头来，就像它小时候见过的老公鹿所表现的那样，十分粗暴地说道："把你的床让出来，年轻人，自己逃命吧，留点儿神。"

马鹿小伙子立刻跳了起来，作为一头成年马鹿，它对自己受到这样的对待感到很生气，它不顾礼仪，简短地说道："不！"

"你竟敢这样？马上给我滚开！"老公鹿说道。老公鹿气得浑身直抖，说完把头低了下来，马鹿小伙子也把头低了下来，做好了战斗的准备，尽管它的个头儿只有老公鹿的一半大。当时，如果猎犬没出现，马鹿小伙子一定会挨一顿好打，但现在，它只好无奈地跑开了。老公鹿则坏笑着平躺回它的床上，猎犬顿时朝马鹿小伙子冲了过来，逼得它赶忙逃命。这是它头一次独自面对猎犬，它只有几分钟的时间来决定该往哪里逃，可除了小时候母亲领它去过的丛林以外，还有别的去处吗？因此它立刻离开了悬崖上的丛林，勇敢地向石楠地跑去。

马鹿小伙子一口气跑了五六英里远，因为被老公鹿赶出来，自己被猎犬追击的时候，它惊恐地发现那些猎犬离自己是那么近。过了一会儿，它停下脚步仔细聆听，自从离开丛林后它就没有听到猎犬们的叫声了，它甚至开始怀疑猎犬们有没有追它。它竖起耳朵聚精会神地听，还扭头去查验风是否会把它的气味吹到敌人那里去。还好，它根本听不见猎犬们的叫声，显而易见，那些猎犬没有跟着它，它是安全的。情况的确如此，尽管它并不知情——有几个人想起了两头鹿要抵角而斗的情景，

鹿

王

回忆起了老公鹿平躺下的位置，赶忙把猎犬们叫了回去。

马鹿小伙子十分小心谨慎，没有小溪的帮助，它不会相信自己已经安全了。它慢步跑进了一条小溪中，逆流而上行走了很长一段距离，直到溪流分成三四条支流时才停下脚步。它从溪水里出来，在高大繁茂的草丛里卧下，打算如果不被打扰，就在那里一直待到夜幕降临。尽管独自一个很寂寞，但它觉得自己所在的这片大地十分亲切，因为四周的涓涓溪流仿佛在唱着：

穿过石楠地，穿过森林，穿过草地，我们从森林出发，去往大海。在云中，在水汽中，在雾中，在雨中，我们又从大海回归森林。啊！亲爱的桤木，亲爱的蕨草，还有那令人艳羡的翠鸟、乌鸫和苍鹭，还有潮道来的天鹅，池塘里来的鸭子，但是最受欢迎还是我们的野生马鹿。上山下海，向北向南，我们永远和你在一起。尽管敌人凶残，但无论你跑到哪里，我们都会告诉你附近的朋友在哪里。我们会为你解渴，为你解闷，为你洗去蹄子上的气味。平躺在我们这里，不要害怕，因为我们是野生马鹿的好朋友。

鹿

王

马鹿小伙子在那里平躺了两个多时辰，一时间并不担心自己的安全，直到突然间，它隐约听见远处传来了猎犬们的叫声，才有些担心。它平躺在那里一动不动，过了一段时间，它确信自己又听到了那个声音，但它不相信那些猎犬能跟自己那么久。

它等啊等啊，尽管十分缓慢，但它清晰地听到那个声音越来越近了。不一会儿，一只雄松鸡蹿了出来，马鹿小伙子记起它是老雌松鸡的一个儿子。"当心啊，大人，请当心！"雄松鸡说，"虽然猎犬们速度不快，但它们朝这边过来了，我必须得提醒您。"

"它们朝小溪这边来了吗？"马鹿小伙子问。

"没有。"雄松鸡答道，"但它们离这儿很近，请不要出声，我来望风。那头老公鹿在悬崖上打败了那群猎犬，然后它们就再也找不到它了。这时，它们想到了您，所以猎人们集结起人马来追踪您了，尽管您的气味已十分淡了，但它们还是沿着气味慢慢地跟过来了。"

雄松鸡为马鹿小伙子站岗放哨，它看到猎犬们费尽周折，嗅着气味一寸一寸地前进。它们身后只有几个猎人。尽管整个荒山原林有一百多名猎人，但绝大多数猎人都已经放弃追踪回去了，只有余下的几个还带着猎犬，四处搜寻着马鹿小伙子的踪迹。终于，猎犬们循着气味来到了水边，然后就不知该往哪里走了。它们不辞辛劳地闻啊嗅啊，直到来到河岸边探出来的一处茂密的草丛前，就停下不走了。

"噢，大人，大人，"雄松鸡小声说，"您从草丛经过的时候，是不是确定没蹭到草叶？"

就在雄松鸡说话的当口，一条猎犬后腿着地，站了起来，将它的鼻子伸进了草丛里，说道："啊！它肯定曾从这儿走过。"

马鹿小伙子知道这个声音，就是那条在它小时候曾带领其他猎犬到它藏身处的深褐色的猎犬所发出的。尽管浑身颤抖，马鹿小伙子依然趴着不动。猎犬们没得到什么线索，因为在离开溪水的时候，马鹿小伙子身上的气味已经被冲洗得很淡了，不过猎犬们还是越走越近了。寻找不到，它们就一条接一条地放弃了努力，只有那条深褐色的猎犬还在用鼻子紧贴着地面，慢慢地前进搜寻，过了一会儿，它终于闻到了蜷缩着的马鹿小伙子的气味。它顿时浑身紧绷，耳朵直立，鼻孔大张。雄松鸡马上飞了出来，大叫道："快跑，大人，快跑！"马鹿小伙子赶忙跳了出来，竭尽全力地狂奔起来。

它听到了猎犬们在它身后饱含胜利喜悦的叫声，它鼓足勇气，翻过小山，向山谷跑去，因为两年前老野鸭曾指引它去过那里。很快它就把猎犬们甩在了后面，因为它精力十足，而猎犬们则由于长途追踪而疲惫不堪。

鹿
王

　　这么快就把猎犬们甩开，马鹿小伙子充满了信心，它跑过了沼泽地和泥盆地，直抵山峰，然后沿着长坡而下，抵达山谷，接着又穿过橡树林，到了水边。它跳进水中，顺流而下，快乐的溪流仿佛就在它身边跳舞，冲洗着它燥热的侧腹，消除着它的疲劳并鼓励着它，它觉得自己能无休止地跑下去。

　　马鹿小伙子沿着溪流跑了足足有两英里，它还想继续跑下去，直到一条像巨大的银棒一样的大鱼将溪水溅到了它的身上，示意它回来时，它才停下。

　　"怎么了，鲫鱼先生？"它问。

　　"离桥不远的岸上有人，"鲫鱼答道，"为了保命，请往回走。另外，请问在上游不太远的地方有水塘吗？"

　　"没有，"马鹿小伙子答道，"你自己要躲好了，鲫鱼先生，过一会儿猎犬们就要过来了。"

　　尽管鲫鱼警告了它，它还是往前行走了一小段距离，因为它知道，在抵达那座桥之前，会有另一条小溪汇入它现在所处的溪流中，它要到另一条小溪中。它继续下行，一直行走到两条小溪交汇的位置，没有上岸就转入了第二条小溪，接着又行走了一英里后它才上岸进入树丛里，然后它转来转去地绕圈子——它曾目睹曳尔德姑姑这么做过；它还从石头路上走过，就像它母亲教过的那样。

与此同时,它听到猎犬们沿着另一条溪流往下走去,离它上岸的地方很远,当猎犬们最终又走回来的时候,夜幕已经低垂了。由于马鹿小伙子的气味已经变得十分淡,猎犬们累得疲惫不堪,所以它们搜寻的速度变得十分缓慢。马鹿小伙子机智地上下穿行,在丛林里从一条河流行走到另一条河流,直到自己也累了才作罢。

　　幸运的是,穿行一段时间后,它再一次遇到了鲫鱼,鲫鱼把它带到了一个深潭里。它潜入水中,就像曳尔德姑姑曾做过的那样。它待在那里直到夜幕降临,直到山谷安静下来,危险最终解除了,它才从水里跳出来。然后它平躺下身子,默默地在心里感谢那条救了它一条命的亲切的小溪流。

鹿
王

第九章
青梅竹马

我们的马鹿小伙子对自己成功逃脱追捕感到十分满意，它觉得自己已经长大了。十月一到，它就赶忙回到荒山原林，想给自己找个妻子。不用我说你也知道，它心里想的是它儿时的玩伴——与它同年出生的鲁笛的女儿。

马鹿小伙子很快就发现，鲁笛的女儿的想法和自己一样，但不幸的是，它曾侍奉过的那头老公鹿也爱上了鲁笛的女儿，并下定决心要把它追到手。老公鹿会在母马鹿后面跟上一整天，高声地喷着响鼻，老公鹿的肺活量比马鹿小伙子的肺活量大得多，因此马鹿小伙子无论如何也插不进去。母马鹿对老公鹿发出的噪声和无休止的纠缠厌烦极了，它打定主意要和马鹿小伙子在某个夜晚趁着夜色私奔，而这正是马鹿小伙子一直以来想找机会催促它做的。

一天夜晚，它们踏上了旅程，前往老野鸭曾告诉过它的那个静谧的山谷。当时它还只是一头跟母亲待在一起的小鹿，它知道在那里它俩能单独相处而不被打扰，这是新婚夫妇最心驰神往的。告诉你吧，如果你听说一头公鹿和一头母鹿掉了队，去了遥远的树林，那就可以肯定，它们和故事里所讲的这对一样，是一对私奔的年轻夫妇。

马鹿小伙子带着母马鹿把山谷转了个遍，让它见识了山谷里的一切，还向它讲述了几周前自己是如何摆脱猎犬的追踪的。它想找到那条帮了它大忙的鲫鱼，找寻了很久，却没有找到，压根儿就没人知道鲫鱼到哪里去了。老野鸭已经动身去了别的觅食地，或许唯一知道鲫鱼下落的是一对栖息在山谷里的苍鹭，但它们实在是太害羞了，它都没法儿靠近，无法让它们听见自己在说什么。

有一次，它看到其中一只苍鹭像杆子一样在河岸站了整整一个时辰，突然那只苍鹭将长喙扎进水中，夹住了一条扭动的小鳟鱼，把它提了起来。这时，我们的公马鹿（现在我们必须这样称呼它了）认为它会像人类那样，在饱餐一顿后会变得亲切些，于是连忙小跑过去和它说话，可是苍鹭吓了一跳，鳟鱼也从它嘴里掉了下来，它嘟

鹿

王

嚷了几句，嫌公马鹿太过莽撞，然后就飞走了。

一个多月后，山谷里出现了一次严重的霜冻。令马鹿夫妇俩高兴的是，野鸭们回到了河里，它们说它们最喜好的觅食地已经被冻住了，还说找到那条鲫鱼的最好办法就是尽量朝溪流的上游走。因此，马鹿夫妇朝溪流的上游走去，越往上溪流越窄，它们简直无法想象那么大的一条鱼是如何在这溪水里游动的。

最终，它们看到水中有两个长条状的东西，看起来像是黑色的棍子。它们走上前去一探究竟，发现正是那条鲫鱼，它的旁边还有一条鲫鱼。那条鲫鱼的模样和以前相比发生了很大的变化，就像所有的公马鹿在八月份到十月份之间会发生巨大改变一样。鲫鱼那亮银色的外衣不见了，取而代之的是一袭脏兮兮、铁锈红色的衣服；它那在夏天时圆滚滚的侧腹，现在已经变得又窄又瘪；它的嘴巴变成了弯弯的尖喙状，又粗又笨，不再是公马鹿曾见过的小巧模样了，现在的鲫鱼身上最粗大的地方就是脑袋了。

鲫鱼看起来精神不佳，对自己的模样也似乎感到很羞愧，但还是和以前一样彬彬有礼。"请允许我向您介绍我的太太，"它说，"不过，它身体不适，恐怕没法招待您和夫人了。"

另一条鲫鱼优雅地摆了摆尾巴，行了个礼，它看上去疾病缠身，尽管不像它的伴侣那样长着巨大的尖嘴，但也瘦得只剩下个大脑袋了。

"我的鲫鱼先生，"公马鹿问道，"您为什么游到上游这么远的地方来啊？"

"是这样的，"鲫鱼声音低低地说，"我的妻子十分重视生儿育女，它只把鱼卵产在最细小的沙砾上，所以我们一直向上游游。不得不说，我们找到了一个极佳的沙砾床，鱼卵长得很好，但不幸的是，由于霜冻，水位下降了，除非下雨，我们根本就没法到下游去。昨天一个男人过来想把我和我的妻子抓走，但幸运的是，他在冻硬的地面上滑了一跤，跌进了水里，我们才得以逃脱。我的妻子受了很大的惊吓，估计在解冻前，我们会不断地遇到各种各样的危险。请您别在这里逗留，这里不安全，而且，以这样的面貌来接待您和夫人，我也觉得很丢脸。"

"但鱼卵怎么办呢，鲫鱼先生？"公马鹿问道。

"溪流会把它们照顾得好好的。总共有一万枚鱼卵呢，即使有一些存活不了，也不会损失太大吧。"鲫鱼自豪地说，"不过我求您别在这儿耽搁了，这里随时会有危险。"

于是马鹿夫妇回到了山谷里，祈祷西风赶紧驱走寒霜，不仅为鲫鱼夫妇，也为它们自己。几天后，公马鹿惊讶地发现布莱姆里奇丛林的那只雉鸡朝它们跑了过来，一身冬季的羽毛十分气派，可是它看起来十分不安。

"怎么了，雉鸡先生？"公马鹿说道，"您怎么跑到离家这么远的地方来了？"

"是这样的，"雉鸡说，"今天早晨我经历了危险。当时我正在吃我最喜欢的草梗，有几个人过来了，他们敲着树枝，想把我和我的同伴都赶到丛林里。大部分傻乎乎的中国鸟都按照人类的意愿飞回了丛林，但我这几年可不是白混的，所以我就飞到山谷这边来了，然后就一直不停地跑啊跑。哈哈哈！我觉得我做得没错。"

正说着，丛林那边传来了两声微弱的"砰砰"声，停顿了一下，又是"砰砰"两声，这种声音公马鹿从没听过。

"那是人类开枪的声音，"狡猾的雉鸡说，"他们在我的丛林里肆意捕杀，所以我就到这儿来了。明天他们还会去那儿的，但后天他们不会去，我就可以回去了，希望不久以后我能在那边接待你们。"说完这些，它便钻进了树丛里，在荆棘丛下的一堆枯叶里藏了起来，它的脖子与身躯和枯叶融为一体，这样你就几乎无法把它们区分开来了。

马鹿夫妇并不想接受雉鸡的邀请，因为它们在这里生活得十分惬意。但几天后，天气逐渐转暖，西南风开始在它们头上光秃秃的树枝间咆哮。紧接着，大雨如注，风势也越来越大，最终变成了狂风肆虐。后来，它们听到从远处的丛林的前端传来了轰隆声。不一会儿，一群受惊的公牛冲进了山谷里。因为篱笆上方的山毛榉倒了下来，砸中了公牛所在的农舍，把篱笆撕开了一道大口子。公牛们吓得魂飞魄散，跑到山谷里来寻找避难所。

马鹿夫妇立刻站起身来跑开，它们可不想和公牛们待在一起，因为第二天，山谷里会到处都是狗和人——他们需要把这些公牛赶回去。

马鹿夫妇向山谷下方走去，从那里可以进入布莱姆里奇丛林。它们到达布莱姆里奇丛林时，那只雉鸡在落叶松的高处睡得正香。天亮后，尽管雨还没停，它还是扑扇着翅膀飞了下来，招呼马鹿夫妇，让它们随意。由于虚荣自大，这只雉鸡仍旧把自己当成整片丛林的主人，把

马鹿夫妇当成客人。

马鹿夫妇不想找麻烦，也就满足了雉鸡的虚荣心，尽管远在雉鸡的祖先到来之前，马鹿的祖先就已经是布莱姆里奇丛林的主人了。公马鹿恭维雉鸡背上的漂亮羽毛，母马鹿则称赞雉鸡的脖子，说自己从没见过这么美丽的脖子。雉鸡似乎没有听够，还想听它们夸点儿什么，但马鹿夫妇已经不知道该再夸些什么了。

一天，雉鸡提起了假蹄，它问母马鹿为什么它的假蹄比公马鹿的大得多，又问为什么它的假蹄竖直朝下长，而公马鹿的却朝左右两侧伸出。雉鸡不该瞎打听这些私人问题，要知道绅士是不会提这样的问题的，但在母马鹿回答之前（它得考虑该如何讲才能在尽可能不伤害雉鸡感情的前提下指出它的不是），它又说了一句："还有，说到假蹄，我还没有给你们看过我的脚刺呢。"雉鸡转过身去，把脚刺展示给它们看。"我觉得你们会跟我想的一样，"它接着说，"这对脚刺长得十分好，我敢说这是你们见过的最好的脚刺。"

当然，对于雉鸡来说，它的脚刺的确够大，足有半英寸长，向上弯曲着，像棘刺一样锋利。"我发现它们很实用，"雉鸡补充道，"可以帮我维护好这里的秩序。那些中国雉鸡入侵我的王国时，我的脚刺帮了大忙。它们企图反抗我的统治，但现在我要很高兴地告诉你们，在我的脚刺的帮助下,它们已经懂事多了。"雉鸡摆出趾高气扬的样子,看上去特别自命不凡。

一周之后,一个满月如盘的夜晚,一群啄木鸟飞到了布莱姆里奇丛林里。马鹿夫妇没有多想,因为这并不是什么稀罕事,而且它们很喜欢看那些棕色的小鸟在松松的土里刨食,在水中冲洗鸟喙。

第二天早晨,一只松鸦飞了过来,尖声叫着,告诉大家丛林里来了不速之客。听到这里,雉鸡马上仓皇而逃,完全不像丛林之王。

"太糟了!"它说,"太糟了!他们已经来过两次了,他们本不应该再来了。"正说着,马鹿夫妇之前听到过的一个声音响了起来:"砰!砰!"这是双筒枪的声音,这次听起来要近得多,吓人得多。公马鹿迅速跳起来,让母马鹿赶紧跑。

"你们跑不出去了。"飞跑回来的雉鸡说道,它又气又急,都要哭了,"我已经试着跑过好几个地方了,但无论我跑到哪里,都会碰到一个讨厌的调皮鬼拿着两根棍子敲个不停,真受不了。我真恨那些男孩子,我再也无法忍受了,我要跑到人类那里去。我宣布,我再也不进这片丛林了,我实在是无法忍受了!"说完它就转身跑了,但很快它又跑了回来。"没用,"它说,"我又被驱赶回来了,我要跑到山上去冒冒险。我发誓,我再也不回这片丛林了，这太让人难以忍受了，人类应该知道我再也忍受不了了。"

于是，它又跑走了，马鹿夫妇则留下来细听动静。它们听到身后响起了持续的敲击木棍的声音，漫山遍野都是，更可怕的是，这声音离它们越来越近。丛林里的所有动物都躲了起来，兔子、野鸡、八哥、画眉以及数十只其他种类的鸟，都东躲西藏地躲起来了，它们都在藏身处仔细聆听。

马鹿夫妇往前跑了几步，突然看到一只雄雉鸡在它们头顶上空飞舞，它奋力飞着，突然头朝下，翅膀并拢，一个倒栽葱摔到了地上，与此同时它们听到了一声震耳的枪声。它们拿不定主意是否要继续前进，但枪声在它们身后陆陆续续地响了起来，最终它们还是像雉鸡一样，穿过橡树林，稳步爬上了那座小山。

可是快到山顶的时候，马鹿夫妇听到从上面传来了更多的敲击木棍的声音。往前没走多远，它们就看到那只自称"丛林之王"的雉鸡蹲藏在一条宽阔的草径边，草径上站着一个脸颊粉红、戴着顶破帽子的男孩。他穿着一件过于肥大的大衣，脖子上那条长长的羊毛围巾一直垂到脚上。他用两根木棍互相敲打着，咧着嘴一个劲儿地乐着。

马鹿夫妇觉得那只雉鸡简直是个懦夫，竟然没胆量从这么小的孩子身边跑开。在它们等待时机准备逃跑的时候，另外两个人沿着小径走了过来，站在了男孩的身边。

公马鹿记得这两个人，他们就是它小时候见过的那个英俊的男子和漂亮的姑娘。男子看上去成熟了许多，长出了一小撮胡子，似乎被精心修饰过，他个子很高，肩膀上扛着枪，挺胸抬头，身子站得笔直，一动不动地，留意着风吹草动。他就这么悄无声息地站了好久，好像一个死人一般，如果不是知道的话，马鹿夫妇都怀疑他是否还活着了。

那个姑娘站在他的后面，和他一样凝神屏气。公马鹿注意到一件很有意思的事，这是它以前从未见过的，那就是两个人的脖子上都围着墨绿色的围巾。那个姑娘也成熟了许多，尽管眼下她的脸上满是伤心和苦恼，可她仍然很美。她的目光一刻也没离开那个站在她前面的男子，她的眼中会时不时地闪烁出泪光，这时她便会用攥在手里的一个白色的东西抹去眼泪，然后继续看着他，眼神始终是那么专注。

马鹿夫妇身后的敲击声越来越近，枪声也越来越响了。终于，马鹿夫妇再也忍受不了了，它们冲过小径，朝山上跑去。当它们从那三个人身旁经过时，那个男子发出了很大的呼声，仿佛要阻止它们逃跑，就在这一瞬间，那只雉鸡也飞了起来,它扇着翅膀飞过丛林,穿过山谷,越飞越高。这时,山谷下方传来了两声枪响,接着又响了两次。马鹿夫妇听到,每次枪响后,那个英俊的男子都会莫名其妙地大笑起来。但雉鸡对枪声毫不理睬,直接飞到了对面的山顶上,在那里落了下来,两脚点地,然后飞快地跑走了……

马鹿夫妇跑过了下面的山谷,又跑到另一片丛林里去观望。它们看到一队穿着白色工装的男人在一路拍打着树丛,一直走到布莱姆里奇丛林的尽头。那个英俊的男子和那个美丽的女子正站在外面的田野上等着他们。

这时,另一个骑着小马的男人跑了过来,然后更多的人跑了过来,带枪的男人们将那个英俊的男子围住,好像不愿意放他走似的,但没过多久,那个英俊的男人就跳上了那匹小马,沿着小路跑掉了。跑之前,男子冲着那些人挥手,那些人也冲他挥手。过了一会儿,男子停了下来,回头望着,又摆了摆手,同时那个女子也朝他挥动着手帕。然后他策马飞奔,很快就不见了踪影。

剩下的男人继续前进搜索,那个女子却一个人伤心地慢慢往回走着,枪声又在山谷里回荡起来。

马鹿夫妇辛苦地翻过眼前这座小山,来到了公牛曾经驱赶过它和它母亲的那一片丛林。此时,这里显得十分安静,它们就选择把家安在了这里。

第十章
拜访老相识

马鹿夫妇在那里住了没有多久，雉鸡就过来邀请它们回布莱姆里奇<u>丛林</u>去住。

"我可以向你们保证，"它还是傲气十足地说，"你们至少能过上一年完全不被打扰的日子，请相信我，回去吧。"

"咦，环颈雉先生，"公马鹿说，"我记得您发过誓，再也不回那个丛林了啊。"

"在当时那么紧急的情况下，我或许真的说过那些话，"雉鸡说，"但是后来我又仔细考虑了一番，我实在无法想象我的丛林如果没有了我会变成什么样子。那些傻乎乎、胆小如鼠的鸟儿如果没有了它们尊敬的国王的领导，该怎么生活？不行，我是在那里出生的，所以我也必须在那里终老。如果你们能跟我走，和我住在一起，我会感到很荣幸。啊，如果你们光临我的丛林，那该多有趣啊……"

"你确定吗？这一切都是真的吗？"公马鹿说。

"确定。"雉鸡说，"几周前，我失去了我的妻子。它被枪打死了，因为它没有勇气和我一起跑到这里来（关于这个，我不得不说，事情并非像它说的那个样子，事情的真相是它光顾着自己逃命了，都没想到去叫上它的妻子）。我在考虑过段时间再娶，不是马上，你们得理解我。我希望，再过几个月，你们能看到我的新家。"

公马鹿十分想问问它，它这么高贵的出身怎么能娶一只中国雉鸡呢？母马鹿则犹豫了一下，对公马鹿说："每对恋人都对婚礼深感兴趣，这一点你有朝一日会明白的。"由于它和公马鹿都不想被打扰，而且经过这一连串的事情后，它们没法相信雉鸡的保证，除此之外，它们已经制订好了春天的计划，于是它们提前向雉鸡道喜，然后与它道别，之后它们就再也没有见过它了。

如果你问我雉鸡后来怎么样了，我想，作为一只长着长脚刺的大鸟，它一定是高寿的，除非它被猎人开枪打死了。不管它有没有死，现在它是不在了，因为我们再也没有见过这种鸟了，况且按它自己的话说，它是它们家族的最后一只了。

山谷里的冬天太太平平地过去了，春天又回到了这里。公马鹿的角比去年掉得还要早，它长出了一对比以往都要漂亮的新角。过了没多久，母马鹿给它生了头小鹿，它们一家三口生活在山谷里，这可真是个幸福的家庭啊。它们在那里一直待到了夏末，要不是某天它们沿溪流而下时，再一次遇见鲫鱼的话，它们再也不会搬家了。

　　那天，那条鲫鱼正缓慢而优雅地逆流而上，它银色的外衣比以往任何时候都要闪亮，身躯也比以前更宽阔。鲫鱼一看到它们，就马上从水里跃了出来，公马鹿欢迎它回来，并问它去了哪里。

　　"去了哪里？"鲫鱼说道，"当然是到海里去了。你们离开后，我和我妻子就顺着第一波洪水高高兴兴地游到下游，顺着洪水进了大海，在壮阔的大海里游泳真是舒畅啊。我还遇到了来自另外六条河流的鱼，还有您曾见过的那些穿着银色夹克的小鱼，它们问您是否还记得它们，估计您现在都认不出它们了，因为它们现在已经长成了大鲫鱼。但后来我不得不和它们分开，回到我们的溪流里，这里是我们的家。跟您说，要进入大海，跃过下面的水坝很不容易，真的，有一道水坝就连我的妻子都跃不过，我只能把它留在后面。啊，我认为没有什么地方能和大海相比！对不对，我亲爱的小朋友？"它边说边用

103

鹿
王

和善的目光注视着小鹿。

母马鹿不得不惭愧地承认,它的孩子还没见过大海。

"什么?一头埃克斯穆尔高地的马鹿,竟然从没见过大海?"鲫鱼惊呼道。尽管它没再说什么,但马鹿夫妇都认为不仅得让孩子见见大海,还得让孩子见识见识荒山原林。所以它们很快话别了鲫鱼,离开山谷朝森林走去,然后它们又穿过森林,来到了石楠地。

到了那里,公马鹿按捺不住心头的喜悦,想去见见老兔子邦倪,于是夫妇俩去了它的窝。但当它们到那儿的时候,尽管见到了其他的兔子,但是没有看到老邦倪的踪影。

公马鹿打听了好久,才有一只兔子答道:"噢,您说的是老祖母啊,大人。它在窝里,已经老态龙钟了。"说完,它钻进洞里,过了一会儿,老邦倪走了出来。它的外衣颜色老旧,牙齿锈迹斑斑,眼神黯淡无光,一切似乎都不太乐观。

刚开始,老邦倪都没认出公马鹿来。过了一会儿,它才想起来,把头歪到一边,最先说了一句话:"早上好!好多年前陶妮夫人曾带着您来见过我,当时您还只是个小家伙呢,您现在来看老邦倪了。啊!陶妮夫人当年长得可真漂亮,可惜它早已经去世了,还有鲁笛夫人,那么甜美的一头马鹿,也不在了,还有巴杰沃西河的老雌松鸡,它是个好邻居,可惜它也离世了,它的孩子们也走了,也没有谁带孩子来看过我。我的最后的那个老伴儿,也被网子给网走了,我对它说过要留心网子,当时我说:'当你发现窝上盖着网子时,就在上面咬个洞,然后钻过去,我已经这么干过好多次了。'但它傻乎乎的,跟其他的雄兔一样,没能逃脱,然后它就不在了。眼前的这些是我的孩子以及孩子的孩子,它们中的许多也不在了,留下的这些也不想听我唠叨,还有……"

这时,另一只兔子插话进来了:"您让夫人说话吧,祖母。别介意,夫人,它已经上了年纪了。"

但老邦倪又接着糊涂地说道:"这是陶妮夫人还是鲁笛夫人啊?我分不清楚了。我老了,夫人,它们不让我多说,但我祝您和您的小儿子好运。啊!我可是见过漂亮的小马鹿子,还有漂亮的小鸡,还有我漂亮的孩子们,但也见过猎犬、鹰、鼬鼠和狐狸,没有谁活到了我这么大的岁数,现在我也该走啦。"说完,它慢慢地钻进了洞里,再也没有出来了。

夫妇俩没有想太多,继续往前赶路。它们终于看到了其他的马鹿。正如老邦倪说的那样,现在鲁笛真的已经不在了,曳尔德姑姑是公马鹿的老朋友中唯一一个还健在的。它也很老了,皮毛变成了灰色,蹄子都磨秃了,牙齿也钝了。小鹿很高兴能够见到其他的马鹿,它们很

鹿
王

快就交上了朋友，大家都很快乐。

秋去冬来，公马鹿想回山谷去。它想让母马鹿跟自己一起回去，母马鹿却想留在荒山原林上，并且希望它也留下，对此它实在是难以拒绝。母马鹿经常和其他母鹿待在一起，谈论各自的孩子，公马鹿则和邓克利山的其他公鹿为伴。不过，它总想着回山谷的事儿，所以几周后，它独自踏上了归程。

一月初下起了一场暴风雪，并持续地下了三周的时间，大雪覆盖了整个荒山原林，雪地平坦无垠，地面上只露出星星点点的篱笆和小坑。森林里的马鹿很难找到吃的东西，住在山谷里的公马鹿也不得不到远处的田野上去觅食。它在那儿很快就找到了给以前那头小公牛做饲料的干草垛，它高高兴兴地吃了个饱。有时它也厚着脸皮去啃食留给绵羊的萝卜，就这样，它安稳地度过了寒冬。

当冰雪消融、溪水暴涨时，公马鹿看到了穿着红色脏外衣的老鲫鱼，它觉得，尽管它们都历经磨难，但自己现在过得要比那些老鲫鱼好得多了。

春天到了，公马鹿开始变得膘肥体壮。它的鹿角脱落后，新角再一次生长了出来，比之前的还要粗大。它很快安定下来，舒舒服服地度过夏天，享用着田野里和丛林周围的一切。到了夏末的时候，它觉得有必要找一棵树来打磨鹿角，于是挑了一棵光滑的橡树。可是由于它去得太频繁了，以至树皮都掉了下来，橡树也因此而死去了。

　　一天早晨，公马鹿像往常一样清理好了头部，然后去田野上寻找吃的，接着又在树荫里找好了白天歇息的床。这时，它注意到不远处走来了一个男人，这个男人眼睛盯着地面，正沿着小径走过来，公马鹿没有动，等着他离开。这个男人离开后，公马鹿立刻站起来，悄悄地离开了山谷，前往开阔的荒山原林。它敏锐地感觉到事情有些不对劲儿，一个男人竟然一大早就出来找寻它的足迹。

　　公马鹿的怀疑是正确的，几个时辰后，人和猎犬就来四处搜寻它了。它在歇息地听到人们在山谷里上上下下寻找它的声音，心里暗自发笑：那个人可是真够傻的啊，竟然让自己警觉地藏了起来。

　　这件事情后，公马鹿就永远地离开了那个山谷，回到了海边的丛林里。它在那里藏得很巧妙，整个秋季都没有被人发现。到了十月，马鹿们又聚在了一起，公马鹿去找它的妻子，却怎么也找不着。它很悲伤，担心在它离开荒山原林、住在山谷里的这段时间，猎犬已经把它的妻子赶走了，甚至更糟糕的事已经发生了。它唯一感到的一丝安慰就是，如果它要再婚，而且和另一头公鹿同时看上了一个新娘，这次它就会为这位新娘而战，而不是悄悄地把它带走。

整个冬天，公马鹿都和其他公鹿待在邓克利山。它现在已经长得很高大，是一头十分健美的公马鹿了。它和鹿群中其他有地位的公鹿一样，有着属于自己的地盘。它也变得更加聪明了，它很快就意识到，在冬天，人类捕杀的是母鹿而不是公鹿，这样它就不必四处逃命了。有时，它可以听着不远处的丛林里猎犬捕猎的声音而无须移动半步。

冬日里的一天，当它正和其他三头公鹿平躺在一片金雀花地里的时候，它听到了猎犬径直朝它们跑来的声音。顿时，它不顾危险，抬起头来仔细聆听。不一会儿，曳尔德姑姑面色痛苦地跑了过来，挨着它们卧倒。旁边的老公马鹿正要把它赶跑，忽然一条猎犬叫了起来，它们吓得赶紧把下巴贴在地上，像石头一样纹丝不动。

可怜的曳尔德姑姑低声央求道："噢，谁能站起来跑出去啊？我已经太累了，请帮帮我吧！"但没有一头公鹿站起身来，我们的公马鹿——我感到很遗憾——也和其他的公鹿一样，一动不动地伏在地上。猎犬逼近了，离它们不到五码了，但它们还是一动也不动。可怜的曳尔德姑姑只得绝望地跳起来，跑了出去。

"但愿你们不会有今天，"曳尔德姑姑说，"想得到帮助，却没有一个伸手相助的！我知道，棕色的小溪才是我的朋友。"它绝望地冲下小山，向溪流跑去，身后紧跟着狂奔的猎犬。此后，它们就再也没有见过它。

尽管公马鹿很久以前便从曳尔德姑姑那里学到了不少东西，曳尔德姑姑也曾在小时候救过它的命，但关键时刻，它还是选择了自保，直到很久以后它才理解曳尔德姑姑对它说的最后一句话。

公马鹿在丛林里、悬崖上、山谷里交替着又居住了两年。随着时间的推移，它发现自己的鹿角越变越沉，分叉也越来越多、越来越明显；它的后背越来越宽，更加膘肥体壮，油光水滑；它的蹄子也又大又圆，十分粗壮。它知道所有最佳的觅食地点，所以它总是吃得很好。它还从曾伺候过的老公鹿那里得知了悬崖上的好几个安全的藏身之处，因此，它很少被打扰。

不止一次，当它不可避免地被猎犬惊起时，它会把丛林里的一头马鹿赶出去，而不是自己逃命。尽管花招无数，但有一天，它还是被逼到了开阔地上。它在溪水中来来回回地奔跑，把猎犬远远地甩到了后面。然后，它慢跑起来，直到闻见了一大群母鹿和小鹿的气味。它迈开了大步，直直地冲了过去，钻到它们中间，顿时把它们吓得心惊胆战的。

它早已忘记当自己还是头小马鹿子时，有多讨厌被这样打扰，现在它只知道猎犬们会跟在鹿群后面四散开来——猎犬们也的确是这样做的。而此时它则慢悠悠地跑到它认识的母狐狸和獾的老家去，好好地洗了个澡，然后就平躺下来,为自己的智谋感到高兴。

你可以说它是个十分自私的老顽固，我也十分赞同你的看法。但不幸的是,马鹿都是这样的,越老越自私，越长越自我。

第十一章
坠落瀑布

在九月份快要结束的一个美丽的早上，我们的公马鹿正平躺在悬崖上的低矮树木丛里歇息，温暖的阳光照耀着它的床铺，这是它一直以来都特别喜欢的。就在这个时候，和往常一样，它又听到了猎犬们的叫声。但它现在并不太在乎这个，因为它知道，这一定意味着此时猎犬们在追捕其他的马鹿，而不是自己。显而易见，人们已经找到了想要捕获的马鹿，因为此刻不是两三条，而是有十七八条猎犬在追踪气味。因此，它放心地平躺了下来，认为那些猎犬很快就会离开丛林。

情况似乎的确如此，因为叫声很快就停止了，公马鹿更加确定它们已经走远了。唯一让它感到不安的是，此时马似乎一直在向丛林这边跑来，而不是朝荒山原林跑去。就在它平躺在那里一动不动的时候，它听到两匹马小步跑了过来，离它的卧榻不足三十码远。透过树枝的缝隙，公马鹿窥视到了猎人，并且认出了他们。

其中一个是它曾见过好几次的英俊男子，男子还骑着那匹灰马，马的颜色已经变得很浅，接近白色了。那个男子的变化很大，他的脸瘦削干瘪，如果不是被太阳晒成了棕色，就会显得十分苍白；他上唇的小胡子变成了一大把红色的络腮胡子，蓝色的眼睛凹陷得很深。他用右手抓住缰绳，因为他的左臂绑着绷带，所以他几乎无法抓住马鞭。但他还是像以前一样动作敏捷，充满活力，一双眼睛不停地扫视着丛林。

男子身边那个骑马的是公马鹿也见过好几次的那个美丽的女子，她的脸上闪耀着幸福的光芒。她似乎特别以这位英俊男子为傲，除了偶尔瞥一下他受伤的手外，她无时无刻不在注视着他的脸。他们在离公马鹿不远的地方拉紧了缰绳，停了下来。

不一会儿，一头母鹿出现了，它正焦虑地慢跑过丛林，因为它不想离山下的小鹿太远。它跌跌撞撞地靠近了公马鹿，要不是害怕被人发现，公马鹿都想站起来把它赶跑了。这头母鹿从公马鹿的藏身之处跑了过去，很快猎犬们就出现在了它的后面。

那个男子骑着马把猎犬们和母鹿隔开，似乎想阻止

它们去追捕母鹿，但他用不了鞭子，于是猎犬们从它的身旁绕了过去，玩命地飞奔，直冲冲地向公马鹿的卧榻跑来。公马鹿赶忙跳了起来，那光滑的外衣在阳光下闪闪发光。它跳出来的时候，所有的猎犬都向前蹿着，发出了兴奋的叫声。

公马鹿全速飞奔，径直穿过丛林，它知道它最好带着那些猎犬从灌木丛里钻过去，因为灌木丛会拖慢猎犬的脚步。但让它感到意外的是,那些猎犬跑得很卖力,比儿时追它到海边时还要卖力得多。因为嗅不到其他马鹿的气味，它拿定主意，要穿过荒山原林到亲切的山谷里去，它要在那里寻找到其他马鹿以确保自己的安全，另外,它也曾在那里度过了很多快乐时光。

猎犬追得很紧，无奈之下，它转过身，不再朝大海跑去，而是跑出丛林，朝着溪水的下游跑去。要不是猎犬追得太紧,它都想在水里好好地洗个澡呢!

它蹚过溪流后，才如履平地一般，慢慢地跑上了陡峭的小山。到了山顶，清凉的西风吹拂着公马鹿的身体，它看到波浪翻滚的草地起起伏伏直抵天际。它没有多停留,继续朝荒山原林的最高峰跑去,因为最高峰的后面,就是它选定的庇护所。

它不停地跑啊跑啊,脚步稳健,速度飞快,尽管听不到猎犬们吐舌喘气的声音，但公马鹿知道它们就在后面,像老鼠一样悄无声息地跟着自己。

画眉尖叫着从它跟前飞过,空中飞翔的老鹰在它身旁盘旋,它无意欣赏,一路飞奔,穿过香甜粉红的石楠花丛,没有片刻停留。然后,石楠花丛变得稀疏起来,一丛一丛地长在排排的红草和层层的白色碱花之间。虽然它曾在这片湿地歇息过许多次,但今天这里没有一头马鹿。接着,湿地又变成了石楠花丛,茂盛密集,向下斜长,一直长到一条棕色的小溪边。

小溪欢快的歌声从来没有像今天这样甜美,即使是在很久以前,它在琥珀色的溪水中沐浴时,也没有听到过如此甜美的歌声,但猎犬们仍紧紧跟在后面,它片刻也不敢耽搁。它快速跃过溪流,到了对岸,那里的石楠花稀稀拉拉地长在滚烫的乱石之间。它从山脊缓步跑向远处的深陷山谷,太阳火辣辣地炙烤着它,空气也越来越闷热了,不过它对此毫不在乎,因为它又见到了溪水。但是它朝溪水那边跑了几码就止步了,它看到了前面的大草坡,猎犬们还在后面穷追不舍,它知道自己必须跑过前面的大草坡才行。

它沿着草坡向上跑啊,跑啊,跑啊,由于它的身体太轻,根本踩不透这片险要之地上厚密的草皮,于是它慢了下来,稳步向前。虽然口干舌燥,但它仍觉得体力十足,因为它知道,过了这座山,就能找到更多的水源了。

鹿

王

最终，公马鹿登上了山峰，展现在它眼前的是达特姆尔高原和海洋，而它选择的避难所就在下面不远的地方。从海洋刮来的凉风吹进了它的鼻子中，它知道自己快要到达目的地了，又积聚起了力量，燃起了希望。

在到达去往山谷的大斜坡之前，它还要跨过一个大坑，坑里有积水，如果时间充裕，也许它能偷空豪饮一番。公马鹿稳健地大踏步地向那里跑去，恨不得在水里耽搁一会儿，因为它感到越来越燥热难耐，强烈地希望能洗个澡，但是此刻它知道这样不行，耽搁时间是相当危险的，于是它痛苦地离开了粼粼涟漪，朝前面的上坡路跑去。这时，杂草似乎不怀好意，多次缠住了它的假蹄，好像要把它绊倒，它不耐烦地挣脱了杂草的纠缠。尽管不止一次动摇决心想回到水边去，但它知道，既然选择了那个庇护所，就要勇敢地跑下去。

最终，它抵达了草坡顶，此时，在它和熟悉的山谷之间只隔着一片连绵不断的斜坡了。斜坡上开满了石楠花，它踏上了漫长、幽深的深陷山谷坡路，跑向它能赖以藏身的山谷。

向下，一直向下，它向下方跑着，稳住身体，调整好呼吸。它一边跑，一边朝四周看。它看到深陷山谷顶端的涓涓细流越来越宽，和来自各个方向的细流汇聚到了一起，它知道，自己离庇护所不远了。不一会儿，它就踏上了一片金雀花地，那些花朵从石楠丛中探出头来，明艳夺目。它步子沉重地穿过花丛，它知道，这些花丛能阻碍猎犬的追踪。又跑了几百码，它终于进入了丛林，现在，它的头顶是矮橡树搭起的凉棚，脚下是嬉戏欢闹的溪水。

公马鹿快步穿过橡树林，跳进棕色的溪水中，溪水很清、很满，在橡树荫下奔流，充满了生机。经过石楠地的艰难跋涉后，它口干舌燥。它知道溪水很甘甜，却没有停下来解渴，而是沿着溪水径直向下游跑去，因为它担心在它费力跑上一个陡坡时，会被猎犬们追上。溪水载着它，在它的假蹄下流过，一会儿轻拍着它的脚踝，一会儿悄无声息地漫到它的鬃毛位置，有时则浮起它疲惫的四肢，再轻轻地将它放下。

很快，它就听到了猎犬们钻进橡树林里吐着舌头低吼的声音，它保持着稳定的步伐向前跑着，时刻从甘甜、清凉的溪水中汲取活力，而溪水上方榛树和桤树的树冠则遮住了它的身影。后来，它上了岸，进入了另一片丛林，朝下面的山谷跑去。它想跑到那里去寻找避难所，但它发现那里处在稠密的绿叶下，空气闷热，令人窒息。于是它掉转身来，沿着原来的路线跑去，不久它就隐隐约约地看到了那条它十分熟悉的深褐色的年迈猎犬的身影。

很快，其他猎犬就和这条深褐色的年迈猎犬聚集在一起，叫声汇成了一片，公马鹿知道，猎犬们发现了它上岸的位置。山谷里传来号角声，它努力想调整好步子，却徒劳无果，后来，它不得不离开丛林，又朝溪流跑去。

公马鹿又一次朝下游跑去，亲切的溪水再一次在它身旁流淌，帮它恢复着体力。就这样，它蹚着水跑了一会儿，又再一次进入丛林寻找，期望能看到帮手，但它不敢多耽搁，又很快返回水里。

还好，在溪水的转弯处，它遇到了一只站在水边寻找鳝鱼的苍鹭，它朝苍鹭喊道："嘿，请不要动！我是不会伤害你的，请你站着别动，直到猎犬们过来。这样，那些猎犬就不会以为我从这儿经过了。"但苍鹭害羞极了，没有听它说完话就拍着翅膀迅速飞走了。

公马鹿不得不接着跑，到了一座桥前，一根杆子挡住了它的去路，它就把鹿角贴到背上，成功地从杆子和桥拱间跳了过去，尽管水花不可避免地溅到了杆子上，但它的身体却没有碰到任何地方。然后，它在水中继续往前行走。

后来，它来到了丛林的尽头，它在这里迟疑了一会，四处张望了一下，希望有谁能告诉它下面的溪流是什么样子的，因为它从没去过那里。这时，它想起了曳尔德姑姑的话："但愿你们不会有今天，想得到帮助却没有一个伸手相助的！"

它没有听到猎犬们的声音，认为自己可能已经把它们甩掉了，因此，它在水中找了一个被树枝遮挡得很严实的角落，卧下身来。这时，它竟然看到了鲫鱼太太，它正慢慢地沿溪水而上，也许这个老朋友能告诉它一些它想知道的事情。

但在它开口说话之前，鲫鱼太太就先说了话："小心点儿，不要到远处去了，那里有一道水闸横在溪流中，你是过不去的。请问你看到我的丈夫了吗？"

它回答道："我看到了，它就在前面。"于是鲫鱼太太继续往前游，而公马鹿则卧在那里不动，心里盘算着如果猎犬们跟过来，它该往哪里去。

那些猎犬的确被它甩在了后面，因为那些猎人不相信公马鹿能越过桥下的杆子，便领着猎犬们去别的地方找了。但那条深褐色的年迈猎犬试探着走过了杆子，在猎人和其他猎犬赶过来之前就嗅到了它的气味。年迈猎犬跳入水中，被水冲过了桥，现在它仍在独自向下游追踪。也就是说，当公马鹿卧在水里时，年迈猎犬独自跟了过来。它似乎认定了公马鹿就在附近，仔细地嗅着身旁的各个地方。终于看到了公马鹿的身影，它顿时昂首挺胸，发出好大一声胜利的号叫。

听到号叫，公马鹿立刻站了起来，朝它冲了过去，年

迈猎犬连忙闪到一旁，躲开了。接着，公马鹿跃出了小溪，它拿定了主意要跑到小山那里去，然后继续向前，到布莱姆里奇丛林里去。它知道该怎么行走，因为鹧鸪给它指过路，它觉得，只要好好拼一拼，一定能跑到那里的。

在它艰难地沿着陡坡奔跑而上时，它听到年迈猎犬仍跟在自己身后，发出了失望和恼怒的叫声，因为它无法像公马鹿一样飞快地爬上陡坡。虽然从远处山谷的上方传来了号角声和人们的呼叫声，但公马鹿仍勇敢前行，最终抵达了山顶。

此刻，它累得脖子都抬不起来了，口干舌燥，四肢也瑟瑟发抖，但它还得继续拼搏下去。现在，它位于一个封闭的村庄里，还好它认得这里的每一块田地。它跨过浅滩，勇敢地越过大门，虽然它跨越大门时的神情看起来惊惶失措。最终它抵达了它熟悉的布莱姆里奇丛林。

进林子时，一只松鸦在它前面尖叫，但它无暇顾及。它的头开始发晕，但它仍然知道最浓密的树丛在哪里，于是它朝那里跑了过去。每走一步，荆棘都会阻挠它的步伐，树枝则会牵绊着它的四蹄，但它没有止步，而是把它们甩掉，继续磕磕碰碰、跌跌撞撞地前进。最终，它跳进了最浓密的树下灌木丛中，然后卧在那里，一动不动。

然而，过了一小会儿，它就听到了猎犬进入丛林的声音,它熟悉这个声音,但还是一动不动地卧在那里。不一会儿,其他猎犬也都走过来叫了起来,它们慢慢地走向公马鹿的藏身之处。但猎犬们离灌木丛越近,声音反而越小,似乎只有几条猎犬有力气和勇气往树丛里钻。

那条深褐色的年迈猎犬越走越近,嘴里发出断断续续的叫声,由于荆棘和其他障碍物的阻拦,年迈猎犬也变得越来越不耐烦了。最终,它到达了公马鹿跃进藏身之处时的起跳点,然后安静下来,静静地思索。这时,从上面的小路上传来了人声,有人在鼓励年迈猎犬,并鼓励其他的猎犬去帮助它。公马鹿卧在那里稳如磐石,猎犬们从四面围了过来,此时它们离它仅有几码远。

突然,年迈猎犬嗅到了公马鹿的气味,蹿向了它卧着的地方,公马鹿一下子跳了起来,与它正面交锋。年迈猎犬虽然再一次发出了胜利的吼声,却不敢再上前一步,就这样,它们对峙了两分钟,直到其他的猎犬把公马鹿团团围住。一条傲慢的猎犬走得很近,公马鹿猛地跳了起来,用角狠狠地顶住它的侧腹,把它挑起来摔在了地上,它立刻就一动不动了。紧接着,公马鹿冲向了剩下的猎犬,用鹿角和蹄子将它们赶得老远,然后,它穿过丛林向山谷跑去。

当公马鹿来到丛林边缘时,小溪的歌声在它耳边响了起来,这让它知道自己还有一个庇护所可以去。它步履蹒跚而又绝望地跑出丛林，跑进了丛林脚下的园子里，但是，这里的黇鹿已经不见了踪影——它们一听到猎犬们的叫声便都藏了起来。

公马鹿仿佛听到溪流在召唤它，声音比以往任何时候都要大，因此它心无旁骛地朝着水声最大的地方跑了过去。跑到那里之后，它发现溪流在那里拐了个弯，拐弯后的溪水流速很快，朝着五十码外的三拱桥流了过去。在三拱桥那里，溪水像瀑布一样急流而下，冲向下面水波翻滚的池塘，声音可以说是震耳欲聋。

公马鹿跳进水里，后背对着长在河岸边的桤木，选了一个落脚点——它得找一个自己能站得住，而猎犬必须游水才能过来的地方。接下来，它咬紧牙关，仰起头，鼓足勇气准备面对敌人的疯狂进攻。此时，棕色的溪水在它身旁欢快地流过，仿佛还在唱着它曾听过的低沉而又甜美的歌曲：

来吧，来吧。从森林奔流到大海的旅程，是多么欢快自由。池塘就在我的前方，我倾听它的召唤。我加快脚步，越过瀑布，鲫鱼在下面焦急地等待，当我经过的时候，它们会向上游跃去。来吧，来吧，为什么在那里犹豫？你是知道的，我是野生马鹿的好朋友……

溪水的歌声被打断了，那条深褐色的年迈猎犬正跑在其他猎犬的前面，从草地上跳进了水中。它看到了公马鹿，便昂首挺胸，扬起头拖长了声音大叫，声音低沉、有力。剩下的猎犬也急匆匆地穿过丛林，边跑边叫，叫声急促，因为它们都快急疯了。它们直直地朝年迈猎犬跑过去，与它会合后就和它一起亢奋地大叫起来。

接着，为数不多的几个人骑着疲惫的马，尽可能快地跑了过来，领头的是个骑白马的男人。他们也大声叫喊起来，叫声与猎犬们的叫声汇成一片，随后，尖厉的号角声响了起来。不一会儿，前面的几条猎犬叫累了，便蹿到公马鹿身后的河岸上，继续发出羸弱无力却又恼怒的叫声。

就这样，令人发狂的喧闹声在山谷上方回响着，打破了这里的静谧。黇鹿在丛林里挤成一团，鸽子也一声不吭，敏捷地向高空飞去，远离这骇人的喧闹。公马鹿则面对猎犬的吠叫而岿然不动，它高昂着高贵的头颅，抬起下巴，以无上的骄傲与威严蔑视着面前的一切。

溪水在一寸一寸地将它向下游推去，虽然很缓慢却持续不断。一条猎犬耐不住焦躁，冲了出来，蹿到差不多正对着公马鹿后背的一根桤木枝上，因此公马鹿不得不朝下方移动了一下。那里的水流虽不至无情，却会更加用力地拍打着它，它往下滑的速度也比刚才更快了。它清晰地听到了激流的咆哮声，像滚滚雷声一般。激流轰鸣着，朝瀑布冲去，好像用雄壮、洪亮又带有命令性的声音唱道：

　　不，真的不要，千万不要，不要再耽搁。向下，往下，池塘欢迎你，那里棕色的池水静谧又安宁。纵身跃过这奔涌的银色水雾，幽暗肃穆的漩涡将把你带走，水流汩汩，泡沫嘶嘶，带你去往永恒的安息之所。跟我下去吧，来吧，你的庇护所就在眼前，我在把你召唤，我的野生马鹿朋友。

　　听到这个声音，公马鹿彻底屈服了。水位越涨越高，波浪也越涌越大，最终，溪流温柔地将疲惫的它托了起来，并无声地将它拖了下去。就在那么一瞬间，它想拼尽全力阻止那光滑而又湍急的水浪将它冲向前方，但很快它就放弃了对那如亲人一般亲切的溪水的抵抗，它在最后一次将头高仰出水面后，就被飞快地冲下了瀑布。

　　猎犬们的狂吠声停止了，公马鹿的耳畔响起的只有溪水的合唱声。它一度挣扎着想抬起头来，好让自己那棕色的大鹿角在漩涡里露出片刻，但徒劳无功。它朝着瀑布下面那深邃、平静的池塘落去，听到溪水和蔼可亲的召唤声，它只得听天由命了。

　　从森林里的源头,你蹚过深水,迈过浅滩,一直跟着我来到了终点。现在你不必奔逃,因为追逐已停止,拼搏已结束,一切都是以胜利告终。现在你跳过了瀑布,穿过了急流,最终在我的怀抱里歇息,不再被打扰了。不,不要抬起头来,来吧,来吧,溪流一直是野生马鹿最好的朋友。

　　池塘里的大水最终淹没了它那只粗壮的、锋利的鹿角,它低下头颅,安静了下来,从那以后,再也发不出任何声响了。

　　人们慢慢地走过去,把公马鹿肥大而又僵硬的尸体拖出水面。他们取下它的头挂了起来,以纪念这次相当了不得的追捕以及这头勇敢的公马鹿。但人们的成功仅仅是建立在公马鹿的躯壳之上,因为它的灵魂已经逝去——它的灵魂永远地留在了那片平静的棕色池塘里。那片池塘曾经接受过许多马鹿,我猜想,这就是那亲水的蕨草长着像马鹿的角和舌头的形状的缘故。它在那里永久地憩息了,因为它已经完成了它的战斗,走完了它的旅程,此刻它不会奢求其他的事物,只是希望能够每天都听到溪水为它鸣唱……